LA PROSSIMA VITTIMA

LA PROSSIMA VITTIMA

An Italian story of mystery
for Italian A2-B1 level learners

Prima edizione

Sonia Ognibene

Editore: Indipendently published

Sonia Ognibene

La prossima vittima

Edizione italiana

ISBN – 9781719810548

Copyright © 2018

Editore: Indipendently published

A Simone ed Emanuele,

motori della mia esistenza.

Istruzioni di lettura: leggetele, mi raccomando!

Cari studenti di lingua italiana, dopo il libro **n.1** della collana **Learning Easy Italian**, NON PUOI ESSERE TU e il **n.2**, SARAI MIO, ecco il **n.3**, LA PROSSIMA VITTIMA, per studenti di livello pre-intermedio / intermedio A2-B1.

La storia è un *giallo* (*a mystery book*) costituito da 15 capitoli scritti al presente e in prima persona.

Per aiutarvi nella comprensione ho aggiunto in corsivo e tra parentesi il significato reale di espressioni di uso comune ed espressioni idiomatiche, e anche un riassunto alla fine di ogni capitolo.

All'interno del libro troverete spesso la parola *chiavetta USB* (= *USB flash drive*) e la parola inglese *file* (con valore singolare e plurale) che usiamo abitualmente in italiano per i documenti presenti in un computer.

La storia è ambientata in Italia centrale, tra Macerata https://youtu.be/FlEx_iwzomE e Pollenza https://youtu.be/25M9ChGEk-Q?t=7m57s.

Bene, detto ciò, vi invito a leggere ogni capitolo cercando di afferrare il senso del testo e a controllare, attraverso il riassunto, se avete ben capito la trama.

Successivamente vi consiglio di scrivere su un quaderno tutte le parole, le espressioni di uso comune e quelle idiomatiche che troverete tra parentesi, provate a memorizzarle e a ripeterle ogni giorno, perché questa pratica aiuterà sensibilmente il vostro apprendimento. Buon divertimento!

E a voi, cari lettori di madrelingua italiana, consiglio di saltare i riassunti alla fine di ogni capitolo e di godervi semplicemente la storia.

Buona lettura a tutti!

Capitolo 1

L'autobus è in ritardo. Di solito passa alle 7:20, ma oggi sono quasi le 7:30 e non si vede ancora.

Sto congelando: non ricordo un inverno più freddo di questo. Tira un vento gelido che mi mozza il respiro e mi blocca braccia e gambe.

Se mia sorella Tiziana mi prestasse qualche volta la sua macchina, non dovrei prendere questo autobus tutte le mattine per andare a Macerata.

Ah, ecco l'autobus! Meno male (= *fortunatamente*).

Cerco di salire prima di questi studenti brufolosi e ancora assonnati, ma non ci riesco perché sono maleducati: spingono, dicono parolacce e hanno sempre il cellulare in mano. Stare in mezzo a loro *mi mette a disagio* (= *mi imbarazza*) come quando avevo quattordici anni. *È più forte di me* (= *non riesco a superare questa sensazione negativa*).

Mi siedo vicino a una ragazza che manda messaggi al telefono *alla velocità della luce* (= *molto velocemente*) nonostante le unghie finte lunghissime. Il suo profumo dolcissimo contrasta con la puzza di formaggio che viene dalle scarpe da ginnastica del ragazzo poco distante da me. Ho la nausea.

Prendo il mio *giallo* (= *libro che parla di omicidi e indagini poliziesche*) dalla borsa e comincio a leggere. Ah, la lettura, la mia consolazione!

Adoro le storie misteriose, quelle che mi fanno *stare sulle spine* (= *stare in ansia*), che mi fanno entrare in un mistero difficile da risolvere, che mi portano in un mondo emozionante, avventuroso, imprevedibile. Completamente diverso dal mio. Sì, perché il mio mondo è molto prevedibile e senza emozioni: ho iniziato l'università da quasi cinque mesi e, tutti i giorni, mi sveglio presto e affronto questa tortura per seguire le lezioni noiosissime della facoltà di *Scienze della formazione primaria* (= *studi universitari per diventare insegnante*).

La facoltà è stata scelta da mio padre, non da me. Io gli *ho dato retta* (= l'*ho ascoltato*) solo per ricevere il suo amore e le sue attenzioni. Purtroppo, però, mio padre continua ad essere interessato solo al mio fratellino Nicola e io adesso sono *in trappola* (= *bloccata in questa situazione*).

Siamo arrivati a Macerata.

L'autobus comincia a fare le prime fermate e finalmente scende la maggior parte degli studenti. Rimetto il libro in borsa perché fra poco scendo anch'io.

Alle 8:00 ho lezione di Educazione musicale e già *non vedo l'ora* (= *sono impaziente*) che arrivino le 20:00.

Ecco la mia fermata.

Mi immergo nel gelo di febbraio e penso che non so cosa darei per cambiare la mia vita.

Riassunto capitolo 1

È un freddo mattino di febbraio. Sofia sta aspettando l'autobus che la porterà a Macerata dove frequenta l'università per diventare un'insegnante.

Sofia ha una sorella maggiore e un fratello minore.

Sua sorella non vuole mai prestarle la macchina per andare a Macerata e lei odia andare in autobus, in mezzo a studenti maleducati della scuola superiore.

A Sofia non piace la facoltà di studi universitari che frequenta. Non è stata una sua idea, bensì un'idea del padre. Lei ha accettato il suo consiglio perché voleva ricevere da lui amore e attenzioni, ma al padre interessa solo quello che fa il suo fratellino.

Sofia si sente felice solo quando legge libri di mistero e crimini, perché entra in un mondo eccitante, molto diverso dal mondo noioso che vive tutti i giorni.

Molti studenti scendono dall'autobus.

Sofia si prepara per scendere e pensa che vorrebbe tanto cambiare la sua vita.

Capitolo 2

Fortuna che il *prof* (= *professore*) di Psicologia dello sviluppo *si è beccato* (= *ha preso*) l'influenza e ha finito la lezione in anticipo di due ore! Che bello!

Non ne potevo più (= *ero stufa*).

Ora voglio solo tornare a casa e riposarmi.

Quello laggiù dovrebbe essere l'autobus delle 17:10, sì, sopra c'è scritto "Pollenza".

- Buonasera. – dico all'autista.

- Sera. – mi risponde lui senza neanche guardarmi.

Salgo e l'autobus è quasi vuoto, anche se le prime due file, sia a destra che a sinistra, sono già occupate da quattro persone che non ho mai visto prima.

Mi siedo quindi in quarta fila per starmene tranquilla e sola.

Guardo fuori dal finestrino e penso a quanto sia strano essere in autobus mentre fuori c'è ancora luce.

Non è molto *carino* (= *gentile*) da parte mia, ma spero tanto che il professore abbia l'influenza ancora per molto tempo, così potrò tornare a casa prima e avere più tempo per studiare e fare quello che mi piace.

L'autobus fa una fermata e sale un ragazzo con un borsone da calcio. Come tutti i ragazzi che vedo al mattino, ha una felpa col cappuccio che gli cade sugli occhi, gli auricolari nelle orecchie per ascoltare la musica e lo smartphone in mano. Tutti uguali, sembrano fatti con lo stampo.

Il ragazzo mi passa accanto e va a sedersi in fondo. Lascia una scia di profumo: è chiaro che ha fatto una doccia da poco.

Il traffico del pomeriggio è piuttosto intenso e l'autista dell'autobus *è costretto a* (= *deve*) rallentare e suonare il clacson per non fare incidenti.

Intanto, il cinquantenne calvo nella prima fila a sinistra tossisce e l'eccentrica signora di mezza età coi capelli verdi della seconda fila si soffia il naso.

Il giovane uomo, forse trentenne, nella prima fila a destra con uno zaino nero sulle gambe, ogni tanto guarda il signore calvo e poi gira la testa verso il finestrino. Credo che non sopporti la sua tosse.

La signora anziana in seconda fila, seduta dietro al giovane uomo, vestita con un cappotto liso di colore grigio, prende un fazzoletto dalla borsa e si copre bocca e naso. Sicuramente ha paura di ammalarsi.

L'autobus si ferma ancora e sale un uomo di colore, anche lui sui trent'anni, che tiene per mano una bimba di circa quattro anni. Sorrido alla bambina e lei mi risponde con un altro sorriso. Anche l'uomo di colore sorride. Mi passano accanto e vanno a sedersi poco distanti da me.

Usciamo finalmente da Macerata ed entriamo nella campagna.

Che bello vedere il marrone scuro della terra, gli alberi ancora spogli ma pronti per la primavera, il sole che sta per tramontare.

Mentre socchiudo gli occhi per la stanchezza, l'autobus fa una fermata: scende il giovane uomo con lo zaino che saluta l'autista con un cenno del capo.

L'autobus riparte e in lontananza appare Pollenza con il suo campanile.

Prima di entrare in paese, scende il ragazzo col borsone da calcio e anche l'uomo calvo, che è davvero altissimo.

Le due donne scendono poco dopo, mentre al capolinea scendiamo io e l'uomo di colore con la bambina.

Saluto l'autista e mi avvio verso casa col cuore leggero. Fra poco potrò rilassarmi in camera mia.

O almeno lo spero.

Riassunto capitolo 2

Uno dei professori di Sofia sta male e, per questo motivo, la ragazza può tornare a casa prima.

Sofia torna sempre a casa quando è buio, ma oggi c'è ancora la luce.

Nell'autobus delle 17:10 sono seduti due uomini: un cinquantenne senza capelli e molto alto che ha la tosse e uno sui trent'anni con uno zaino nero sulle gambe. Poi ci sono due donne oltre i cinquant'anni: una con i capelli verdi che ha il raffreddore e l'altra che indossa un vecchio cappotto grigio e non vuole ammalarsi.

A una fermata sale un ragazzo con un borsone da calcio e, poco dopo, un uomo di pelle scura con una bambina.

Sofia guarda fuori dal finestrino e si sente felice: può osservare la campagna perché il sole non è ancora tramontato.

Prima che l'autobus arrivi a Pollenza, scende il giovane con lo zaino, il ragazzo col borsone da calcio e l'uomo calvo.

A Pollenza scendono le due donne e, arrivati al capolinea, scende anche Sofia e l'uomo dalla pelle scura con la bambina.

Sofia si sente bene e spera tanto di rilassarsi a casa.

Capitolo 3

- Mangi solo l'insalata? – chiede mio padre a mia sorella Tiziana.
- Per forza, babbo! Stasera c'è il corso di Zumba e non posso *schiattare in diretta* (= *morire davanti a tutti*).
- Ma questi corsi non puoi farli nel pomeriggio? – continua mio padre.
- Alberto, che dici? – interviene mia madre. – Ci sono donne che lavorano tutto il giorno, perciò sono libere solo di sera!
- Infatti... - risponde mia sorella. – E poi da quando ci sono io come istruttrice si sono iscritte al corso sedici persone in più! È una grande responsabilità: più clienti porto e più guadagno.
- Che brava... - dice mia madre, dandole una carezza sul viso.

Io resto in silenzio e mangio il mio petto di pollo ai ferri.

- Babbo, dopo giochiamo alla Playstation? – chiede il mio fratellino Pietro.

- Certo... però dopo *non fare storie* (= *non protestare*) per andare a dormire, d'accordo?
- Va bene, te lo prometto.

Io, finita la carne, passo al purè di patate.

- Sofia, non dovresti mangiare il purè, l'insalata verde sarebbe molto meglio! – dice Tiziana.
- Ma a me piace il purè e non mi sembra di essere grassa. – rispondo io infastidita.
- Sei magra ma sei anche molliccia, praticamente non hai muscoli.
- Ah, sono molliccia... grazie tante per il complimento e il consiglio, se avrò bisogno di un'esperta di fitness in futuro, saprò a chi rivolgermi.

Nello sguardo di Tiziana vedo risentimento allo stato puro. La mia ironia l'ha offesa.

- Tua sorella ha ragione, dovresti andare ad allenarti un po' invece di leggere sempre. – aggiunge mia madre.
- Il fisico serve nella vita, non basta solo il cervello. Grazie al fitness sono corteggiata, in forma, in

salute, ho un lavoro e una macchina. Tu, che hai?

Fai la vita di una novantenne! – continua Tiziana.

Sento la rabbia *salirmi dentro* (= *crescere dentro di me*).

In effetti, anche se non mi sento fuori forma, non ho un ragazzo, ho solo un precario lavoro da baby sitter e non ho una macchina.

- A Sofia non gliene importa niente di fare Zumba. – dice il mio fratellino. - Lei si diverte in un altro modo: legge. E poi tutti facciamo quello che ci piace di più: io giocherei con la Playstation dieci ore al giorno, a te e la mamma piace uscire e andare in palestra e a babbo piace vedere le partite di calcio in televisione. *Che c'è di male* (= *dov'è il problema*)?

Le parole di Pietro mi fanno quasi piangere per la commozione, così lo guardo e gli sorrido piena di gratitudine per avermi difeso.

- Com'è andata oggi all'università? – interviene mio padre cambiando discorso.

- Niente di speciale. Le solite cose. Ah, il professore di psicologia oggi si è sentito male e ha finito la lezione in anticipo. *Fine delle novità (= non ci sono altre novità).*

Ricomincio a mangiare il purè e nessuno parla più.

Alla fine Tiziana sbuffa, si alza dalla tavola, prende il suo piatto con le posate e il bicchiere e mette tutto nella lavastoviglie, poi dice:

- Io vado. Ciao.

- Ciao. – la salutano in coro, mentre io continuo a mangiare.

Riassunto capitolo 3

Sofia sta cenando con la sua famiglia.

Il padre di Sofia vuole che la figlia maggiore Tiziana, istruttrice di Zumba, mangi di più e che non faccia sempre lezioni la sera. Tiziana spiega al padre che deve mangiare poco per il lavoro che fa e che molte donne, occupate con il lavoro durante il giorno, aspettano la sera per andare alle sue lezioni di Zumba.

La madre di Sofia è molto fiera di Tiziana.

Il fratellino Pietro chiede al padre se vuole giocare ai videogiochi con lui dopo cena e il padre accetta.

Quando Sofia comincia a mangiare il purè di patate, Tiziana dice a Sofia di mangiare l'insalata per restare in forma. Tiziana, infatti, pensa che Sofia è magra ma senza muscoli. A Sofia non interessa il giudizio della sorella e continua a mangiare il purè. Tiziana si offende e dice che mentre lei è bella, corteggiata dagli uomini, ha un lavoro e una macchina, Sofia non ha niente.

Sofia prova rabbia perché è vero che non ha un fidanzato, non ha un buon lavoro e non ha una macchina.

Pietro difende Sofia, dicendo a Tiziana che ognuno fa quello che ama di più e a Sofia piace leggere. Sofia è grata al fratellino per le sue parole.

Dopo, il padre chiede a Sofia dell'università e lei risponde che l'unica notizia interessante è che il suo professore si è ammalato e ha finito prima la lezione.

A questo punto nessuno dice più nulla e Tiziana saluta tutti perché deve andare in palestra a lavorare.

Tutti la salutano, tranne Sofia.

Capitolo 4

Le mie preghiere sono state ascoltate: il professore non è ancora ritornato all'università. Probabilmente ha ancora l'influenza e io sono di nuovo libera di fare una passeggiata con un bel pezzo di pizza fra i denti, uhm... calda, soffice e con tanta mozzarella filante. Anche oggi tornerò a casa prima.

Sento una vibrazione al cellulare, è un SMS della mia amica Marina:

EHI, CI SEI?
NON TI FAI MAI SENTIRE!
QUANDO ANDIAMO A BALLARE?
HAI VENT'ANNI, NON CENTOVENTI!

Questo messaggio *mi fa andare di traverso* la pizza (= *rovina il mio momento di gioia*). Anche Marina, come Tiziana, mi dice che faccio la vita di una vecchia decrepita, che sembro un'asociale.

Sì, è vero, la mia vita è spesso noiosa, ma per me è noioso anche quello che gli altri trovano divertente.

Vorrei tanto essere come Tiziana, mia madre, Marina e i tanti ragazzi che vedo all'università, ma io non mi diverto ad andare in palestra, in discoteca e alle feste.

È tanto terribile?

Adesso mi sento così *giù* (= *triste*) che non riesco neppure a finire la pizza. Mentre la rimetto nel sacchetto di carta, arrivo alla fermata dell'autobus.

Poco dopo arriva l'autobus per Pollenza.

Saluto l'autista e, quasi negli stessi posti, rivedo i passeggeri dell'ultima volta: la donna coi capelli verdi, l'uomo calvo, la signora col cappotto vecchio e il giovane con lo zaino.

Sicuramente fra un po' arriverà pure il ragazzo con il borsone da calcio.

Infatti, eccolo! Riesco a vederlo in lontananza.

L'autobus si ferma, il ragazzo sale e, come l'altra volta, *profuma di fresco* (= *si è appena lavato*).

È vero, la mia vita è proprio monotona. Non c'è mai nulla di insolito.

Chiudo gli occhi e mi lascio cullare dal rumore del motore, fra poco sarò di nuovo a casa, rivedrò le stesse persone, mangerò le stesse cose e studierò la stessa roba. Un vero schifo.

- Signorina! …Signorina, siamo arrivati. Deve scendere.

Apro gli occhi e mi accorgo d'essermi addormentata!

- Oh sì, mi scusi! – dico all'autista.

Prendo la mia borsa e mi avvio all'uscita.

All'improvviso sento qualcosa sotto il piede destro. Ma cosa c'è a terra?

Alzo il piede e vedo una chiavetta USB rossa e bianca.

La raccolgo e controllo se sopra ci sia scritto un nome, ma non c'è scritto niente.

Sicuramente uno dei passeggeri l'ha persa mentre scendeva dall'autobus. Ma chi?

Sono indecisa: la lascio a terra o me la porto a casa?

Certo, è meglio che la prenda io: arrivata a casa, inserirò subito la chiavetta USB nel mio computer portatile, controllerò i *file* al suo interno e, se ho fortuna, scoprirò il proprietario e gliela restituirò.

Almeno farò qualcosa di diverso.

Affrettando il passo, scendo dall'autobus, saluto l'autista e mi avvio verso casa.

Riassunto capitolo 4

Il professore di psicologia ha ancora l'influenza, quindi Sofia ha tempo per fare una passeggiata e mangiare un pezzo di pizza.

Mentre sta mangiando la pizza, Sofia riceve un SMS dalla sua amica Marina che le chiede quando andranno a ballare. Sofia diventa triste perché pure l'amica pensa che lei sia una persona noiosa e che abbia una vita simile a quella di una persona molto anziana. Sofia ammette che la sua vita è davvero monotona. Mentre sta facendo questi pensieri, arriva l'autobus. Sofia sale e vede le stesse persone dell'altra volta, poi si addormenta.

L'autista la sveglia e lei, mentre sta andando verso l'uscita, schiaccia col piede una chiavetta USB, la raccoglie e se la porta a casa per controllare se nei *file* salvati all'interno c'è il nome del proprietario, così potrà restituirla.

Sofia è contenta perché almeno farà qualcosa di diverso dal solito.

Capitolo 5

Entro in casa e subito sento la voce della mamma provenire dal soggiorno:

- Sofia, sei tu?

- Sì.

- Vieni qua un attimo.

Vado nel soggiorno e trovo la mamma che sta guardando in televisione le solite discussioni tra falsi vip dello spettacolo, persone che vogliono diventare famose senza saper recitare, cantare o ballare.

- Ha chiamato la sig.ra Parisi, mi ha detto che ha bisogno di te subito.

- Che significa "subito"?

- Significa "adesso". Lei è rimasta bloccata sull'autostrada poco dopo Milano e non sa quando riuscirà a tornare.

- E adesso chi sta con la figlia?

- Il marito, ma deve andare via perché ha un problema di lavoro. Hanno provato a chiamarti sul cellulare ma non hai mai risposto.

Guardo il cellulare e vedo che ho cinque chiamate perse.

- Ho tolto la suoneria quando stavo a lezione e ho dimenticato di rimetterla all'uscita.
- Dai, fagli sapere che stai andando dalla figlia. Fai in fretta!
- Sì, vado. – le dico spazientita.

Addio riposo e tranquillità.

Entro in camera mia, prendo il computer portatile, il quadernone con gli appunti di pedagogia, metto tutto nella borsa ed esco.

La casa della famiglia Parisi dista solo circa 300 metri. Mentre cammino invio un SMS sia alla signora che a suo marito.

Il signor Parisi mi accoglie con un viso molto sollevato:

- Meno male che sei arrivata! Io devo proprio andare! Francesca mi ha lasciato le istruzioni per telefono, sono sul tavolo in cucina. Cena alle sette e nanna alle otto e mezza.
- Certo, come sempre. Non si preoccupi. Fino a che ora devo stare qui?

- Purtroppo non so dirtelo con precisione. Al massimo entro mezzanotte, ma penso che mia moglie arrivi prima di me.
- Va bene, non c'è problema.

Veronica mi viene incontro e *mi butta le braccia al collo* (= *mi abbraccia*).

- Mi fai le polpette e le patate fritte?
- Prima vediamo che cosa dice la mamma.
- E giochiamo alle principesse?
- Sì, e anche alle signore che prendono il tè.
- Evviva!

Il signor Parisi ci saluta e va via, io entro in cucina e leggo le istruzioni: devo preparare le cotolette di pollo e le carote lesse. Se Veronica mangia tutte le carote nel piatto, posso darle mezza tazza di cioccolata calda prima di metterla a dormire.

Veronica mi porta una corona rosa di cartone che metto subito sulla testa e una gonna a fiori da mettere sui jeans. Anche lei si mette la corona in testa e indossa un tutù rosa.

Vestita così, inizio a cucinare e ad apparecchiare la tavola per la cena e intanto beviamo del tè invisibile, accompagnato da pasticcini di plastica.

Ceniamo e, anche se Veronica non vuole mangiare le carote, alla fine le mangia tutte. Sa che dopo avrà la cioccolata calda.

Mi piace stare con lei. I bambini sono così genuini, divertenti. Con lei mi diverto moltissimo.

Sono le 19:55, ormai. Preparo la cioccolata calda e la metto nelle tazze a fiori rosa che piacciono tanto a Veronica. Beviamo la cioccolata sedute sul divano e alla fine le dico:

- È ora di andare a dormire.

Tra lamenti e capricci, aiuto Veronica a lavarsi i denti e poi la metto nel suo lettino. Comincio a leggerle la sua storia preferita, Cenerentola, ma lei si addormenta prima che il principe balli con la sua futura sposa.

Meglio così, io odio la favola di Cenerentola: una ragazza dovrebbe essere notata e amata anche se non è bellissima, non porta un abito elegante e non ha i capelli in piega, inoltre non deve *per forza* (= *necessariamente*) sposarsi per essere felice in eterno e soprattutto non ha bisogno di un principe che la salvi, perché può benissimo salvarsi da sola e senza l'aiuto della magia.

Spengo la luce, socchiudo la porta della cameretta e torno in salotto.

Finalmente mi stendo sul divano e posso tirare un gran sospiro di sollievo: mi sento davvero molto, molto stanca.

Vorrei riposarmi un po', ma devo trascrivere gli appunti di pedagogia di oggi e studiare almeno per mezz'ora.

Ma dove ho messo la mia borsa?... Ah, sì, l'ho lasciata all'ingresso.

Mi alzo, vado a prenderla, mi siedo sul divano e tiro fuori il computer portatile dalla borsa.

Qualcosa cade a terra. Cos'è? Oh, la chiavetta USB che ho trovato sull'autobus! Me n'ero completamente dimenticata.

Uhm... e adesso vediamo quali documenti ci sono all'interno... cinque cartelle: SPESE MENSILI, MUSICA, PROGETTO 1, PROGETTO 2, PROGETTO 3.

Apro la prima cartella: ci sono liste con le somme pagate di affitto, acqua, luce, gas, cibo, vestiti e divertimenti degli ultimi due anni. Solo numeri e nessun nome.

Apro la seconda cartella e trovo alcuni mp3 con titoli di canzoni che non ho mai sentito, probabilmente sarà musica heavy metal, hard rock... roba del genere.

Anche qui non c'è il nome del proprietario.

Speriamo che nella terza cartella ci sia qualcosa di più interessante: ecco, ci sono tanti *file* numerati in ordine cronologico. Apro il *file* 1 e comincio a leggere:

*"È così bella che **non riesco a pensare ad altro** (= c'è **solo lei nei miei pensieri**). Ogni volta che muove i capelli, mi sembra di sentirli su di me. Non so ancora nulla di lei, ma lo scoprirò presto.*
Se voglio una cosa, io me la prendo. Sempre."

Ma cos'è: una sorta di diario personale scritto al computer? Wow, mi piace, è così eccitante!

Apro subito il *file* 2 e continuo a leggere:

*"L'ho aspettata davanti alla scuola e l'ho seguita. Pioveva: è stato meglio così perché non ha potuto vedere la mia faccia **per via dell'ombrello** (= **perché portavo l'ombrello**).*

Ora so dove abita.

Devo fare attenzione, non devo farmi scoprire. Nessuno dovrà accorgersi di niente."

Che strano... se questa persona è innamorata perché non vuole mostrarsi? Perché vuole nascondersi?

Apro velocemente i *file* in successione e leggo:

"...al bar ha preso un succo di frutta e i biscotti allo zenzero."

"...Credo che abbia una passione per il colore giallo. Io odio il giallo, ma su di lei è perfetto."

"Oggi è andata dalla parrucchiera. È entrata riccia ed è uscita con i capelli lisci. Quasi non la riconoscevo!..."

Salto al penultimo *file*, il 34, e leggo:

" *Ora so dove e come **farla fuori** (= **ucciderla**).*"

Cosa? Ma questo è il diario di un assassino! Non è possibile!

Comincio a *tremare come una foglia* (= *tremare in modo evidente*). Ho il terrore di aprire i prossimi *file*, di leggere quello che ho sempre trovato nei romanzi gialli! Ma i libri sono invenzioni e i crimini delle storie sono falsi, invece chi ha scritto questo diario vuole uccidere una ragazza o… forse l'ha già fatto… oh Signore!

Vago per le stanze della casa per calmarmi e cerco di respirare profondamente. Devo farmi coraggio e leggere gli altri *file*. Devo capire se la donna è stata uccisa! Lentamente mi avvicino al divano, mi siedo di nuovo e, con la mano ancora tremante, clicco sull'ultimo *file*, il 35. Le uniche parole che leggo sono:

"Immobile per sempre."

Sento *il sangue gelarsi nelle vene* (= *un profondo terrore*). Quindi la ragazza è morta! È stata uccisa!

In preda al panico (= *totalmente presa* dal panico), vado subito alla cartella PROGETTO 2, apro un *file* a caso e leggo:

*"Oggi ho scoperto che vive da sola e non ha neanche un fidanzato. Che fortuna, **sarà una passeggiata** (= **sarà facile**)."*

E ancora:

"È abitudinaria: quando esce dalla scuola di lingue, passa sempre dal fruttivendolo e dal fornaio. Torna a casa tutte le sere tra le sette e le sette e mezza e il sabato va sempre a cena al ristorante cinese con la sua amica dai capelli rossi.
Sempre più facile."

Vado direttamente all'ultimo *file* con la testa che *mi esplode* (= *mi fa malissimo*) e vedo:

" *Non volevo coprirla con la terra, ma ho dovuto.* *Nella memoria di tutti, però, resterà sempre giovane e splendida. Anche nella mia.* "

Oh no! Ha ucciso anche questa ragazza!

Non riesco a respirare, vado in cucina e cerco di bere dell'acqua, ma il bicchiere mi scivola dalle mani e si frantuma sul pavimento. Raccolgo i pezzi di vetro con le mani tremanti e mi ferisco a un dito. *Scoppio in lacrime* (= *piango improvvisamente e con forza*) e non per il dolore del taglio.

Anche se mi manca il coraggio, ho ancora un'ultima cartella da controllare, il PROGETTO 3. Torno al computer, apro la cartella e vedo che contiene solo quattro *file*. Leggo direttamente l'ultimo:

"*Quando cammina, ondeggia sulle anche come una modella. È irresistibile. Devo essere più prudente.*"

È chiaro, il serial killer è di nuovo a caccia. Un'altra ragazza è in pericolo e sicuramente vive da queste parti. È terribile!

Mi assale un senso di nausea fortissimo. Corro in bagno e vomito. Non so quanto tempo passa, so solo che la signora Parisi mi trova dentro il bagno seduta sulla vasca.

- Sofia! Ma che succede, stai male?
- Sì, sto male. Ho bisogno di tornare a casa.
- Sofia, mi dispiace tanto, ma ho fatto più in fretta che ho potuto. Ce la fai a tornare a casa da sola o ti accompagno con la macchina?
- No, non c'è problema. Non voglio che Veronica resti in casa da sola.
- Ci vorrà solo un minuto.
- No, grazie davvero, non si disturbi.

Torno in salotto, metto il computer portatile e la chiavetta USB nella borsa, mi infilo il giaccone ed esco salutando la signora con la mano per non fare rumore.

Fuori si gela. *Non c'è un'anima viva* (= *non c'è nessuno*) per la strada.

Il cuore mi batte forte e le parole del diario continuano a tornarmi alla mente: *immobile per sempre, non volevo coprirla con la terra ma ho dovuto...*

Comincio a correre e non mi fermo fino a quando non arrivo davanti al portone. Infilo le chiavi nella toppa e chiudo la porta alle mie spalle.

Sento d'essere entrata dentro un incubo.

Come ne uscirò?

Riassunto capitolo 5

Sofia è appena arrivata a casa e sua madre le dice che deve andare subito dalla famiglia Parisi perché hanno bisogno di lei come baby sitter per la figlia Veronica: il signor Parisi ha un impegno di lavoro e sua moglie è bloccata in autostrada nei pressi di Milano. Lei va subito a casa dei Parisi e il signor Parisi le dice che le istruzioni per la serata sono sul tavolo, poi va via.

Veronica è felice di passare la serata con Sofia e Sofia è felice di stare con Veronica. Sofia prepara la cena e intanto giocano insieme fingendo di essere due principesse che bevono del tè invisibile. Dopo cena, bevono la cioccolata calda e, alle otto e mezza, Sofia porta a letto Veronica, le legge la favola di Cenerentola, che Veronica ama molto ma che Sofia odia, e poi la bambina si addormenta.

Sofia è stanca ma pensa che deve studiare almeno mezz'ora, così, mentre toglie il computer portatile dalla sua borsa, la chiavetta USB che ha trovato sull'autobus cade a terra. Sofia la raccoglie, la collega subito al computer e vede che contiene cinque cartelle.

I *file* della cartella PROGETTO 1 sono il diario di un uomo che sembra molto innamorato di una donna, ma dopo Sofia scopre che quest'uomo vuole uccidere la ragazza e alla fine la uccide davvero. Sofia continua a leggere anche gli altri *file* della cartella PROGETTO 2 e scopre con orrore che anche un'altra ragazza è stata seguita e uccisa. Sofia è sconvolta: il diario di un assassino non è divertente come un libro giallo. Sofia legge anche l'ultimo file della cartella PROGETTO 3 e scopre che il serial killer sta seguendo un'altra ragazza.

Quando la signora Parisi torna a casa, Sofia dice che sta male e corre subito a casa in preda al terrore e ai dubbi su come risolvere questa terribile vicenda.

Capitolo 6

Ho passato la notte in bianco (= *non ho dormito per tutta la notte*): due donne sono morte *per mano* (= *a causa*) di un uomo, un uomo che ha preso il mio stesso autobus, un uomo che vive nel mio stesso paese!

Ho passato le ore facendo ricerche su ragazze scomparse recentemente nei dintorni, per poter individuare subito i nomi e le facce delle due vittime, ma l'impresa è stata impossibile: ogni giorno in tutta Italia ci sono ragazze minorenni e maggiorenni che scompaiono e di loro non si sa più nulla. Purtroppo, due di queste hanno sicuramente trovato la morte.

E ora, chi sarà la prossima vittima?

Ho il terrore di prendere l'autobus. L'idea di essere vicino a un probabile assassino mi fa tremare.

Ho deciso: non andrò a Macerata... per oggi *non me la sento* (= *non ho il coraggio*), me ne starò qui a Pollenza.

Restare nella mia cameretta, però, mi soffoca. Ho bisogno di prendere aria, di tranquillizzarmi un po'.

Mi guardo allo specchio e penso che ho un aspetto orribile: ho i capelli arruffati, due cerchi neri sotto agli occhi e sono pallida.

Faccio la doccia, mi asciugo i capelli, mi trucco per dare un po' di colore al viso. Con calma vado in camera e mi vesto.

Sento bussare alla porta e vedo mia madre che mi dice allarmata:

- Ehi, è tardi. L'autobus sta per partire!
- Lascialo partire… oggi non vado all'università.
- Perché?
- …Non ho lezioni.
- E allora perché ti stai vestendo?
- Vado a fare una passeggiata.
- Ah… va bene. – risponde un po' stupita. – Ma non fai colazione?
- No. Se ne ho voglia, prenderò qualcosa al bar.

Metto il giaccone più pesante che ho, saluto mia madre ed esco di casa.

Il gelo non riesce a congelare i miei pensieri. Torno sempre a quel diario di morte.

Che cosa devo fare? Cosa posso fare?

Ho tanta paura ma non posso permettere che altre donne *trovino la morte* (= *muoiano*).

Devo incastrare chi li ha uccise.

E c'è solo una persona che può aiutarmi: zio Davide, maresciallo dei Carabinieri.

Ai miei genitori non dirò nulla. Di sicuro mi direbbero: "Leggi troppi libri gialli! Ma che cosa ti viene in mente?". Mia sorella, poi, si metterebbe a ridere, *dandomi della pazza* (= *mi direbbe che sono pazza*). Mio fratello, sfortunatamente, è troppo piccolo e con lui non posso confidarmi. Non ho scelta.

Mi fermo al bar in piazza, saluto le due sorelle che gestiscono il locale e ordino un cornetto al cioccolato e un cappuccino... non c'è niente che mi faccia sentire meglio.

Vado a sedermi e, mentre inzuppo il cornetto nel cappuccino, la vita sembra migliore: il cioccolato mi accarezza il palato, il latte mi riscalda dentro e fuori, il caffè mi riaccende il cervello.

Ora sto bene. Posso andare. Le due proprietarie mi salutano con calore e io mi avvio verso la chiesa con la grande croce all'esterno. Dietro la chiesa c'è uno spazio verde con una panchina, così posso starmene un po' da sola, ma prima devo chiamare zio Davide, così prendo il cellulare e compongo il suo numero:

- Ciao, zio! Ti disturbo? Senti, ho bisogno di parlarti urgentemente... no, io sto bene, tranquillo, ma dobbiamo vederci assolutamente. Adesso non è possibile? E quando? Stasera a che ora è meglio per te? Certo che posso venire a cena a casa vostra... va bene, allora ci vediamo alle sette e mezza. Avverti tu la zia? Grazie, salutamela.

Chiudo la chiamata e respiro a pieni polmoni.

Spero che zio Davide mi aiuti a trovare l'assassino.

Dobbiamo assolutamente fermarlo!

Riassunto capitolo 6

Sofia non ha dormito per tutta la notte perché ha fatto ricerche su ragazze scomparse di recente nella sua zona. Purtroppo in Italia ci sono tante ragazze scomparse e non ancora ritrovate, quindi Sofia non riesce a dare un nome e un volto alle due vittime.

Sofia ha paura e non vuole prendere l'autobus per andare a Macerata.

Quindi decide di non andare all'università e di fare, invece, una passeggiata per Pollenza.

Uscita di casa, va a fare colazione al bar e poi pensa di telefonare a suo zio Davide che è maresciallo dei Carabinieri ed è l'unico che può aiutarla a trovare l'assassino.

Lo zio non può incontrarla subito, perciò le chiede di cenare a casa sua quella sera, così potranno parlare.

Sofia accetta e spera tanto che insieme potranno fermare l'assassino.

Capitolo 7

- Ciao, zia!
- Sofia bella! Dammi un abbraccio!

Zia Maria è sempre calorosa e gentile con tutti, perciò amo andare a casa sua e di zio Davide.

- Grazie per l'invito con poco preavviso. – le dico.
- *Ma figurati (= prego, è un piacere)*! Vieni, la cena è pronta. Ti ho preparato le crocchette di patate e i cornetti con salmone e stracchino che ti piacciono tanto! Poi ho fatto l'insalata di farro col tonno e… per il dolce c'è una sorpresa.
- Zia, tu sei la numero uno!

Entro in cucina e un delizioso profumo mi investe dalla testa ai piedi.

- Ciao, zio!
- Sofia, vieni, mettiti a sedere. Mangia tutto, eh! Non fare come Tiziana!
- *Per carità (= certamente, non c'è pericolo)*, io non faccio diete assurde.

Gli zii sorridono e cominciano a riempirmi il piatto. Io mi sento finalmente serena, *a mio agio* (= *tranquilla e sicura*).

Peccato (= *mi dispiace*) che non siano loro i miei genitori e che zia Maria e zio Davide non abbiano avuto figli: sarebbero stati dei genitori meravigliosi.

Mangio ogni cosa che ho nel piatto e sorrido mentre *parliamo del più e del meno* (= *chiacchieriamo di argomenti vari e non importanti*).

Quando a fine cena vedo apparire anche il semifreddo allo zabaione, mi sciolgo: io lo adoro.

- Maria, la cena è stata fantastica! – dice zio Davide.

Mia zia sorride e, quando io comincio a sparecchiare la tavola, mi dice di non toccare nulla perché ci pensa lei a pulire.

- Tu sei l'ospite. – aggiunge.

- Vieni, andiamo nello studio, così parliamo un po'. – mi dice lo zio.

Mentre andiamo nello studio, mi ricordo il motivo per cui sono venuta qui e mi ritorna la paura e la tristezza.

- Dai, siediti e dimmi tutto. Stamattina mi sembravi molto preoccupata.

- Sì, zio, lo sono. Mi è successa una cosa stranissima. Ho trovato questa chiavetta USB sull'autobus ieri pomeriggio e deve di sicuro averla persa qualcuno che è sceso prima di me perché, quando sono salita e ho preso posto, a terra non c'era niente. Ne sono sicurissima.
- Non ho motivo di dubitarne, sei una brava osservatrice... ma perché è così importante questo particolare?
- Perché le persone scese prima di me sono state cinque, due donne e tre uomini, e queste persone sono passeggeri abituali dell'autobus delle 17:10.
- E tu hai trovato qualcosa in questa chiavetta USB che ti preoccupa, giusto?
- Hai capito *al volo* (= *hai capito senza spiegazioni)*, zio. Non sono solo preoccupata, sono spaventata. Voglio che tu legga i *file* contenuti in questa chiavetta e poi mi dirai.

Zio Davide comincia a leggere tutti i *file*, dal primo all'ultimo, con molta attenzione, restando in perfetto silenzio. Alla fine fa un lungo sospiro e mi guarda dritto negli occhi.

- Allora, cosa ne pensi? – gli chiedo.

- Questo diario sembra autentico.

- Quindi c'è un assassino a Pollenza!

- Sofia, ho detto che sembra autentico, ma non ne sono sicuro.

- Perché non ne sei sicuro?

- E se questi *file* fossero opera di uno scrittore?

- Uno scrittore? Pensi che siano gli appunti per un libro giallo?

- È possibile. Non ci avevi pensato?

- In verità, no... proprio io che *divoro* (= *leggo velocemente e con interesse*) i libri che parlano di crimini e serial killer.

- Esatto, a volte la verità è sotto i nostri occhi e non riusciamo a vederla. Comunque, dobbiamo valutare entrambe le ipotesi.

- Sì, hai ragione. Se fosse solo un libro giallo sarebbe *un sogno* (= *una cosa bellissima*).

- Proprio così. Per assicurarci che i *file* siano le parole di un assassino seriale, dobbiamo fare delle ricerche, analizzare ogni particolare per ricostruire l'identità delle vittime scomparse negli ultimi tempi. Ti dico subito che il lavoro non sarà facile.

- Sì, posso immaginarlo. Tutta la notte ho fatto ricerche su casi di donne scomparse ed è stato come *cercare un ago in un pagliaio* (= *una ricerca quasi impossibile*), ecco perché dobbiamo concentrarci sui probabili assassini.

- I passeggeri abituali dell'autobus delle 17:10.

- Esatto, zio. Domani andrò a Macerata e tornerò a Pollenza con l'autobus delle 17:10 e dovrai salirci anche tu.

- Sì, si può fare. Ci sarò.

- Comunicheremo solo con messaggi telefonici se avrai bisogno di informazioni e faremo finta di non conoscerci. Che ne dici?

- Certo, è una buona idea.

- Dobbiamo concentrarci solo su tre uomini, quindi il lavoro sarà più facile.

- Nel frattempo tu sta' attenta: se c'è davvero in giro un assassino che punta alle giovani donne e vive qui, devi fare molta attenzione.

- Lo so…

Guardo l'orologio sulla parete e mi accorgo che sono le dieci e mezza di sera.

- Oh, si è fatto tardi, devo proprio andare!

- Andiamo, ti *do un passaggio* (= ti *porto con la macchina*) fino a casa.

- Grazie mille.

Prima di uscire dallo studio, lo zio si ferma e mi dice:

- Sofia, fino a quando questa storia non si sarà risolta, evita di uscire da sola la sera… di' anche a Tiziana di fare attenzione.

- Va bene.

- Ma non rivelarle quello che hai trovato e quello di cui abbiamo parlato: se la storia viene allo scoperto prima del tempo, possiamo rischiare di non prendere più l'assassino… se c'è un assassino. Sofia, conto su di te.

- Certo, zio.

Quando siamo in macchina, sento una strana euforia dentro di me: per la prima volta nella mia vita mi sento utile, importante. Per la prima volta sento di avere un valore. Nessuno ha mai contato su di me fino ad ora.

Ma le cose stanno per cambiare.

Riassunto capitolo 7

Sofia va a cena dagli zii che sono persone molto gentili e amabili. La zia le prepara i suoi piatti preferiti e Sofia si rilassa.

Alla fine della cena zio Davide e Sofia vanno nello studio per parlare.

Sofia, a questo punto, dice allo zio della chiavetta USB trovata nell'autobus delle 17:10 e sicuramente persa da uno dei passeggeri abituali di quell'autobus.

Lo zio legge il contenuto dei *file* della chiavetta e pensa che possano essere stati scritti o da un autore di libri gialli o da un vero assassino seriale.

Zio Davide pensa che sia necessario cercare nei *file* indizi sull'identità delle vittime.

Sofia dice che questo lavoro sarà molto complesso, quindi consiglia allo zio di concentrare le ricerche, prima di tutto, sul possibile assassino.

Decidono quindi di incontrarsi il giorno dopo sull'autobus fingendo di non conoscersi.

Quando Sofia guarda l'orologio sulla parete, vuole andare subito a casa perché è tardi. Lo zio dice che la porterà lui a casa con la macchina perché potrebbe essere pericoloso andare in giro da sola.

Zio Davide invita Sofia a dire a sua sorella di non uscire da sola la sera, senza darle però la motivazione precisa, perché i casi di omicidio sono affari molto delicati.

Lo zio conta su di lei e Sofia, per la prima volta nella sua vita, si sente una persona importante e utile.

Capitolo 8

Anche oggi ho saltato delle ore di lezione. Stranamente non m'importa, anzi, sento un senso di grande soddisfazione. *Ho ben altro da fare* (= *devo fare cose più importanti*)!

Guardo in lontananza alla mia sinistra e vedo arrivare il mio autobus. Respiro lentamente, cercando di mantenere la calma.

"Tranquilla, Sofia!" continuo a ripetermi facendomi coraggio da sola. Non posso farmi fermare dalla paura. C'è la vita di una ragazza in pericolo.

L'autobus si ferma e apre le porte. Io salgo e, *come da copione* (= *in modo prevedibile*), ci sono le due donne e i due uomini, sparsi nelle prime due file a destra e a sinistra.

Poco più in là vedo mio zio: porta degli occhiali e un berretto di lana che gli copre la fronte. Non l'ho mai visto con gli occhiali o con un berretto. Mi sembra strano. Probabilmente cerca di non essere immediatamente riconoscibile.

Mi metto a sedere lontano da lui.

Ricevo immediatamente un SMS da zio Davide e iniziamo a scambiarci informazioni:

SONO QUESTI I PASSEGGERI ABITUALI?

SÌ. MANCA SOLO IL RAGAZZO COL BORSONE DA CALCIO CHE DOVREBBE SALIRE FRA POCO. ZIO, HAI MAI VISTO I DUE UOMINI?

SO CHI È L'UOMO PIÙ VECCHIO, MA NON CI CONOSCIAMO.

ALLORA SAI COME SI CHIAMA!

NO, IL NOME NON ME LO RICORDO. MI INFORMERÒ. COMUNQUE SO CHE È UN FALEGNAME E UNO SCULTORE.

L'UOMO PIÙ GIOVANE, INVECE?

MAI VISTO. PROBABILMENTE VIVE A POLLENZA DA POCO. A DOPO.

Chiudo il cellulare e guardo dal finestrino. Il nervosismo è scomparso, sto bene. Mi sento come se fossi la protagonista di un romanzo giallo, sono io l'investigatrice *sulle orme dell'assassino* (= *che sta seguendo l'assassino*). È elettrizzante.

L'autobus si ferma e il ragazzo col borsone da calcio sale.

Ricevo un altro SMS da zio Davide:

LO CONOSCO, È IL FIGLIO DI UN AMICO CARISSIMO. È UN RAGAZZO TRANQUILLO, PENSA SOLO AL CALCIO E ALLA FIDANZATA...

SEI SICURO?

SICURISSIMO.

MEGLIO COSÌ, LE RICERCHE SI RESTRINGONO.

Chiudo definitivamente il cellulare e intravedo in lontananza il profilo di Pollenza.

Uno dopo l'altro scendono tutti i passeggeri. Alla fine scendiamo io e zio Davide. L'autobus riparte e possiamo finalmente parlarci senza cellulare.

- Allora, zio?
- Beh, ho preso l'autobus al capolinea perciò, quando sono saliti i due uomini, io ero già seduto e ho potuto vederli bene in faccia.
- Adesso come dobbiamo muoverci?
- Il tuo compito è di rileggere con molta attenzione tutti i *file*, per scoprire qualche indizio importante sulle ragazze scomparse…
- E poi?
- E poi niente.
- *Che vuol dire* (= *che cosa intendi*), niente?
- Vuol dire che non puoi fare un'attività investigativa sul campo, è pericoloso se c'è davvero un assassino.
- Ma…
- Niente ma! Tu sei mia nipote e ho il dovere di proteggerti.

- Lo so, ma io so che posso aiutarti e voglio aiutarti.
- Puoi aiutarmi come ti ho già detto. Ci risentiamo prestissimo.
- Quando?
- Non appena saprò *vita, morte e miracoli* (= *ogni cosa*) dei due uomini. Ora va' a casa.

Zio Davide si allontana e l'euforia di prima non c'è più. Sono piuttosto nervosa adesso. Se zio pensa che me ne starò tranquilla ad aspettare, *si sbaglia di grosso* (= *fa un grande errore*)!

Farò delle ricerche anch'io... e non solo su un computer.

Riassunto capitolo 8

Sofia sale sull'autobus e vede i soliti passeggeri e lo zio Davide, che porta occhiali e berretto per non essere facilmente riconoscibile.

Sofia e lo zio si parlano attraverso messaggi al cellulare.

La ragazza dice allo zio che gli uomini nell'autobus sono i passeggeri abituali e lo zio risponde che l'uomo più vecchio è un falegname-scultore di cui non ricorda il nome, poi aggiunge che non ha mai visto il trentenne con lo zaino ma conosce molto bene il ragazzo con il borsone da calcio: è davvero un bravo ragazzo, quindi non può essere lui l'assassino.

Quando tutti scendono dall'autobus, zio Davide ordina a sua nipote Sofia di leggere con molta attenzione i *file* nella chiavetta USB per scoprire le caratteristiche delle ragazze scomparse.

Sofia, però, non vuole solo leggere i *file*, ma anche fare ricerche come una vera investigatrice. Lo zio gli dice di no perché potrebbe essere molto pericoloso.

Sofia è arrabbiata e dice a se stessa che non ascolterà l'ordine dello zio perché vuole investigare e trovare l'assassino.

Capitolo 9

Ieri sera ho provato a dire a Tiziana di uscire meno la sera, di fare attenzione e lei mi ha risposto:

- E perché non dovrei uscire quando voglio? Sei forse gelosa di me? Io so badare a me stessa e poi viviamo nella provincia più tranquilla dell'universo. Te ne sei accorta?

Lo sapevo che non mi avrebbe ascoltata.

Per questo motivo è ancora più importante investigare, rischiare e assicurarmi che l'assassino non faccia più del male a nessuno.

Ho un piano: visto che è sabato mattina e non c'è traffico per la strada, prenderò l'auto di mia madre prima che si prepari per uscire e cercherò di capire dove abitano i due uomini sospettati di omicidio. So dove si sono fermati, so verso quali strade si sono incamminati.

Farò delle domande in giro e troverò quello che cerco.

Indosso la tuta, le scarpe da ginnastica, la giacca, lo scaldacollo, il berretto e i guanti come se dovessi fare jogging.

Esco dalla mia camera e mi dirigo verso l'ingresso dove sono appese le chiavi dell'auto. Le prendo senza chiedere il permesso. Quando tornerò a casa, la mamma sarà ancora in bagno a prepararsi.

Entro nell'auto e *la metto in moto* (= *avvio il motore dell'auto*) e non so ancora da che parte andare per prima.

Decido di svoltare verso destra e prendere la strada dove abita il falegname-scultore. La strada va in discesa e si immerge nella campagna. Ci sono case basse, unifamiliari, sparse qua e là.

Come faccio a capire qual è la casa dell'uomo?

Vado avanti con l'auto fino alle ultime due case. Non passo inosservata: un uomo anziano si affaccia dalla rimessa e, senza neppure salutarmi, mi chiede:

- Chi cerca?
- Buongiorno, saprebbe dirmi dove abita il falegname...
- Qui ce ne sono diversi di falegnami, il nome?
- Eh... il nome non lo so, ma so che fa anche lo scultore.
- Ah, ho capito, lei è una modella?

L'uomo mi serve un'ottima scusa *su un vassoio d'argento* (= *facilmente*).

- Sì sì, sono una modella. – rispondo io subito, mentendo.
- Allora deve andare da Luigi Mosca…
- Dove posso trovarlo?
- Deve tornare indietro di duecento… trecento metri e se la trova a sinistra.
- Grazie mille, arrivederci.

Mi rimetto in macchina e arrivo nel luogo indicato dal signore anziano.

L'abitazione dello scultore è piuttosto grande. Non c'è un cancello che mi impedisce di entrare nel giardino davanti alla casa e non c'è nessuno fuori.

Mi avvicino cautamente alla porta per leggere il nome sul campanello e vedo: L. MOSCA. Sì, è proprio la casa del falegname-scultore.

Suono il campanello una, due, tre volte. Nessuno viene ad aprire.

Mi allontano dal portone cercando di vedere se c'è qualcuno alle finestre, ma la casa sembra vuota. Non si sente alcun rumore proveniente dall'interno.

E adesso che faccio? E se fingessi davvero di essere una modella per conoscerlo ed entrare a casa sua?

La faccenda sarebbe troppo pericolosa, e se la mia famiglia venisse a saperlo? Lo zio non approverebbe di sicuro... oh, al diavolo! Sono terrorizzata, ma devo agire!

Strappo un foglio dalla mia agenda e scrivo:

MI CHIAMO SOFIA ELEONORI,
HO VENT'ANNI E STUDIO ALL'UNIVERSITÀ.
SONO DISPONIBILE COME MODELLA
PER LA SUA ATTIVITÀ DI SCULTORE.
IL MIO NUMERO DI CELLULARE È: 578 -
111779087.

Ecco, è fatta. Se è lui l'assassino mi chiamerà sicuramente.

Metto il foglio nella cassetta della posta e mi rimetto in auto con la paura e la speranza di essere chiamata da quest'uomo.

Ora però devo andare a cercare la casa del trentenne con lo zaino.

Mi rimetto sulla strada principale e guido per circa un chilometro. Giro a sinistra e parcheggio davanti alla prima casa che incontro.

Fingo di fare jogging, così posso percorrere tutta la strada senza *dare nell'occhio* (= *attirare l'attenzione delle persone*).

Corro lentamente e vedo una donna uscire dalla seconda casa con l'auto, poi un cane che comincia ad abbaiare nella terza casa. Per fortuna c'è un cancello che impedisce al cane di avvicinarmi. Chissà se è questa la casa del trentenne con lo zaino nero.

Purtroppo non conosco il suo nome e non so neanche che lavoro faccia, perciò cercherò in modo discreto di vedere i nomi su tutti i campanelli e poi farò una ricerca su ciascuno di essi.

Comincio a memorizzare i cognomi: Francalancia, Del Bianco, Pianesi.

Arrivo all'ultima abitazione e non c'è un cancello. Ci sono cespugli alti e secchi, una cuccia vuota e una catena buttata poco più in là. Il portone di casa è sporco e scrostato. Sono sporche anche le tapparelle, che sono tutte abbassate, tranne una abbassata per metà. I muri hanno piccole crepe nell'intonaco. Di sicuro è una casa disabitata.

Mi fermo per prendere fiato, guardo in su e... mi sembra di notare qualcosa che si muove dietro la finestra con la tapparella chiusa per metà.

C'è qualcuno, allora?

Abbasso lo sguardo e comincio a fare *stretching* per allungare i muscoli delle gambe, poi guardo di nuovo verso la finestra e mi sembra ancora di vedere qualcosa.

Non sono più sicura che questa casa sia disabitata.

Ma chi può vivere in una casa così? Chi vive qui vuole forse nascondersi? E perché vuole farlo?

Una strana sensazione mi avvolge: il cuore comincia a battermi forte e il mio respiro diventa più affannoso.

Meglio che me ne vada subito, se non voglio essere osservata con sospetto.

Mi giro e, correndo più velocemente di quanto abbia mai fatto nella mia vita, torno alla macchina.

Riassunto capitolo 9

Sofia ha detto a sua sorella di uscire meno la sera e di stare attenta ai pericoli, ma Tiziana non ha intenzione di seguire il suo consiglio.

È sabato mattina e Sofia decide di scoprire dove abitano i due uomini. Senza chiedere il permesso, prende le chiavi della macchina di sua madre e va prima verso la strada del falegname-scultore.

Quando Sofia si ferma davanti a una casa e scende dalla macchina, un signore anziano le chiede chi sta cercando e lei gli risponde che sta cercando un falegname che fa anche lo scultore. Il signore anziano pensa che lei sia una modella e subito le dice il nome dell'uomo, Luigi Mosca, e poi le indica la casa, che si trova a duecento-trecento metri da lì, tornando indietro.

Sofia va dove dice l'uomo e trova subito la casa del falegname-scultore. Suona il campanello, ma nessuno le risponde. Poi le viene un'idea: scrive un biglietto al signor Mosca in cui dice di voler fare la modella per le sue sculture e lo lascia nella cassetta della posta.

Ritorna in macchina e raggiunge la strada dove scende sempre il trentenne con lo zaino nero.

Parcheggia davanti alla prima casa, scende dalla macchina e finge di fare jogging per poter leggere i nomi sui campanelli delle abitazioni lungo la strada.

Alla fine della strada c'è una casa che sembra disabitata perché ci sono erbacce e tutto sembra sporco e malandato. Guardando in su, però, vede qualcosa che si muove dietro l'unica finestra aperta per metà. Sofia allora pensa che la casa non sia disabitata e che forse chi abita lì vuole nascondersi.

Sofia ha paura e, non volendo essere osservata, torna a riprendere la macchina correndo.

Capitolo 10

È strano, non entro nella Stazione dei Carabinieri da molti anni.

Avevo dodici anni quando sono venuta qui per la prima volta. Ricordo che, per un compito assegnato dalla professoressa di italiano, avevo intervistato zio Davide. Lui mi aveva parlato della difficoltà del suo lavoro, della quotidiana lotta al crimine, dell'importanza dell'intuizione nell'attività investigativa.

È da quel giorno che è nata la mia passione per il mistero, il crimine, i libri gialli.

- C'è il maresciallo? Sono sua nipote Sofia. – chiedo al primo uomo in divisa che vedo.

- Sì, è nel suo ufficio… la accompagno.

Lo seguo.

- Maresciallo, c'è qui sua nipote.

- Ah, Sofia! Vieni pure!

Entro nell'ufficio di zio Davide e subito chiedo:

- Dimmi, ci sono novità?

- Sì, alcune novità ci sono. Ora so come si chiama il falegname.
- Luigi Mosca.
- Brava, e tu come lo sai?
- Uhm… chiesto in giro.
- Che vuol dire, chiesto in giro?
- Niente, zio, continua!
- Insomma, questo Luigi Mosca vive e lavora qui da circa un anno. È toscano, di Poggibonsi, ed è rimasto per circa sei mesi a Forlì, poi è venuto a vivere a Pollenza. Più che un falegname è un artista: crea mobili particolari, fa sculture con materiali diversi. Sembra che a casa sua ci sia sempre un viavai di ragazze giovani e anche donne più mature che posano come modelle per lui.
- Ma davvero? – dico io fingendo di non saperne nulla.
- Sì. Questo potrebbe essere piuttosto sospetto.
- E dell'altro che mi dici?
- L'uomo più giovane è un certo Loris Marcaccio. Anche lui si è trasferito da poco qui a Pollenza.
- E da dove?

- Da Rimini, ma non è di Rimini, un anno e mezzo fa viveva a Prato.
- Quindi sia il falegname-scultore sia il giovane con lo zaino hanno vissuto in Toscana e in Emilia-Romagna? Che coincidenza!
- Sì, strano… dicono che sia un giovane solitario, vive nell'ultima casa in fondo a quella strada in cui scende sempre dall'autobus.

Ultima casa?

Ecco, allora non mi ero sbagliata a vedere qualcuno che si muoveva dietro la finestra!

- Che lavoro fa, l'hai scoperto? – chiedo a zio Davide.
- Sembra che non faccia niente, o almeno non fa un lavoro normale.
- Cioè?
- Forse lavora da casa come *freelance*. L'hanno visto andare in giro a scattare fotografie.
- Anche lui mi sembra piuttosto sospetto.
- Infatti. Ma ascolta quello che ti dico adesso.
- *Sono tutta orecchie (= ti ascolto attentamente)*!

- Allora, visto che tutti e due si sono trasferiti qui da poco, ho pensato che la ragione del trasferimento potrebbe essere collegata...
- ...agli omicidi delle due donne.
- Esatto.
- Quindi suppongo che tu abbia già fatto delle ricerche su delle ragazze scomparse vicino a dove i due uomini abitavano prima di venire qua.
- Proprio così! Brava!
- E che cosa hai scoperto, zio?
- Che nella provincia di Firenze e nella provincia di Cattolica sono scomparse due ragazze prima che entrambi si trasferissero qui.
- Allora è fatta! Uno dei due è sicuramente l'assassino!
- Calma, non è detto che la scomparsa sia collegata agli omicidi e a uno di loro. Non abbiamo prove. Bisogna indagare a fondo.
- Beh, io sono pronta...
- Non se ne parla nemmeno...
- Troppo tardi, zio.
- Perché, che cosa hai fatto?

- Mi sono proposta come modella per lo scultore…
- Cosa?
- Non ti arrabbiare, abbassa la voce!
- Come faccio a calmarmi? Tu hai parlato con questo tizio?
- Non ancora, ma gli ho lasciato un biglietto col mio numero di cellulare.
- E come hai fatto a sapere dove fosse casa sua?
- Sono andata a cercarla e… ho ricevuto l'informazione da un vicino.
- Devi essere impazzita!
- No, zio, è tutto sotto controllo.
- Ma perché l'hai fatto? E se fosse lui l'assassino? Vuoi entrare nella sua casa da sola? E chi potrebbe salvarti?
- Per questo ci sei tu, no?
- Sofia, non dovevi farlo! Scommetto che hai fatto ricerche anche sull'altro uomo, vero?

Resto in silenzio e zio Davide si alza dalla sedia e comincia a girare per la stanza.

- *Roba da pazzi* (= *è una cosa assurda*)! Sei andata a cercare pure la casa del trentenne. E l'hai trovato? Ci hai parlato?
- No, non sapevo dove cercare, ma nell'ultima casa in fondo alla strada dove scende sempre dall'autobus ho visto qualcuno che si muoveva dietro a una finestra aperta per metà. Quella casa è trascurata, sporca, orrenda… la casa giusta per un assassino.
- Lo sai che *stai rischiando grosso* (= *stai rischiando tanto*)?
- Sì, lo so. Zio, dobbiamo prenderlo. Dobbiamo salvare la vita alla prossima vittima. Io ti aiuterò e tu non potrai impedirmelo.

Zio Davide mi fissa negli occhi, poi annuisce, mi mette una mano sulla spalla e mi dice:

- Anche se non siamo sicuri di niente, devi fare comunque molta attenzione. Sei la mia nipote preferita e io non voglio che ti accada nulla di male.

Ci abbracciamo e io spero davvero che tutto *fili liscio come l'olio* (= *vada tutto bene*).

- Zio, lo prenderemo? – gli chiedo.

- Se c'è un assassino, io dico di sì, ma avremo comunque bisogno *di un pizzico* (= *di un po'*) di fortuna.

Riassunto capitolo 10

Sofia va alla Stazione dei Carabinieri e lo zio le dà le informazioni sui due uomini dell'autobus: il falegname-scultore ha vissuto a Poggibonsi e poi a Forlì; il trentenne si è trasferito da Rimini, ma prima viveva a Prato.

Entrambi, quindi, hanno vissuto nella regione Toscana e in Emilia-Romagna, dove due ragazze sono scomparse un anno e mezzo fa.

Sofia è sicura che uno dei due sia l'assassino e lo zio le ricorda che non hanno prove.

Sofia gli dice che è pronta ad indagare e racconta allo zio del messaggio allo scultore per diventare una sua modella e della presenza di qualcuno nella casa brutta e sporca dove abita il trentenne.

Lo zio Davide si arrabbia perché non vuole che lei faccia indagini e rischi la vita, ma Sofia è irremovibile: indagherà con o senza il suo permesso.

Lo zio *accetta a malincuore* (= *è costretto ad accettare*) la sua decisione e dice a Sofia che per catturare l'assassino avranno bisogno di un po' di fortuna.

Capitolo 11

Ho passato la domenica a fare ricerche sulle ragazze scomparse di cui mi ha parlato zio Davide e ho provato a fare un confronto tra quanto scritto nei diari dell'assassino e le caratteristiche fisiche delle ragazze: ho trovato degli elementi in comune ma sono troppo generici per poter stabilire, *senza ombra di dubbio* (= *senza alcun dubbio*), che nei *file* si parli proprio di loro.

E oggi un altro giorno all'università, un altro giorno di noia e inutilità.

Mi metto all'ultimo posto della grande aula, sperando che il prof non mi guardi.

Sono in anticipo, perciò prendo lo smartphone e *do uno sguardo alle* notizie (= *leggo le* notizie): GELO IN ARRIVO SU TUTTA L'ITALIA... IL TASSO DI DISOCCUPAZIONE SCENDE E SI ATTESTA AL 10,9%... RITROVATO UNO SCHELETRO NELLE CAMPAGNE FIORENTINE...

Ritrovato uno scheletro nelle campagne fiorentine?

Leggo l'articolo *tutto d'un fiato* (= *molto velocemente*) e scopro che lo scheletro è stato ritrovato fortuitamente in un terreno fuori Firenze, che non si sa se appartenga a un uomo o a una donna, che la causa della morte dev'essere accertata e che accanto al corpo è stata ritrovata una corda.

Uhm… una corda.

Forse l'assassino l'ha usata per legare la vittima? Oppure per strangolarla?

Perché l'assassino ha lasciato la corda accanto al corpo? Vuole farsi scoprire? Vuole sfidare la polizia?

Sento squillare lo smartphone. Mi sta chiamando un numero sconosciuto.

Chi può essere? Esco velocemente dall'aula per rispondere alla chiamata.

- Pronto?
- Salve, sono Luigi Mosca, ieri ho trovato un biglietto col suo numero nella mia cassetta della posta.
- Ah, sì, grazie per avermi chiamata.

Ho la voce che trema e le gambe molli.

- Lei ha già fatto la modella per altri artisti?

- …Sì, per alcuni amici pittori.
- Qual è il suo onorario?
- Non ho un onorario, come le ho detto faccio la modella solo per gli amici. Decida lei il prezzo.
- Va bene, come vuole, e quando possiamo vederci per parlarne?
- Possiamo fare… domani.
- A che ora?
- Verso le 19:00 è possibile per lei?
- A quell'ora non posso, facciamo alle 21:00?
- Sì… va bene, e dove?
- In un bar?
- Visto che devo posare per lei, è meglio che facciamo a casa sua. – trovo il coraggio di dire.
- Per me non c'è alcun problema. Allora l'aspetto a casa… la strada la conosce già.

Rido nervosamente e lo ringrazio.

- Grazie a lei, Sofia. A domani, allora.
- A domani.

Chiudo il telefono e per poco non svengo nel corridoio. Tutto il coraggio di qualche istante fa sembra essere scomparso.

Sarò capace di gestire la situazione? Sarò in grado di non farmi scoprire?

Sarò io la sua prossima vittima?

Mentre tutte queste domande mi assalgono, vedo arrivare il professore e mi affretto a tornare in aula.

Finita la lezione, devo assolutamente chiamare zio Davide.

Riassunto capitolo 11

Sofia è all'università per assistere a una lezione.

Mentre aspetta l'arrivo del professore legge sul cellulare, tra le notizie del giorno, che nelle campagne fiorentine è stato ritrovato lo scheletro di un uomo o forse di una donna, che ovviamente non si conosce ancora la causa della morte e che vicino allo scheletro è stata trovata una corda.

Sofia pensa che lo scheletro possa appartenere a una delle due donne uccise dall'uomo che stanno cercando.

Mentre sta pensando a questo, riceve una telefonata: è il falegname-scultore che chiede a Sofia di conoscersi e parlare del lavoro come modella.

Sofia, con molto coraggio, dice all'uomo che andrà a casa sua alle nove di sera del giorno dopo. Lui accetta e si salutano.

Alla fine della telefonata, Sofia ha paura di diventare la prossima vittima, poi torna in classe per la lezione. Dopo la lezione chiamerà al telefono zio Davide.

Capitolo 12

Non ho ascoltato una sola parola della lezione. Invece di prendere appunti ho scarabocchiato tutto il tempo per scaricare la tensione per l'incontro con lo scultore. Ho bisogno di un po' d'aria.

Lontana *da orecchie indiscrete* (= *da persone che possono ascoltare ciò che dico*), posso finalmente chiamare zio Davide e raccontargli tutto.

- Pronto?

- Zio, hai letto le ultime notizie?

- Dello scheletro nelle campagne fiorentine? Sì.

- Pensi che possa appartenere a una delle ragazze che stiamo cercando?

- Forse. Dobbiamo aspettare che facciano l'autopsia.

- Hai letto della corda trovata vicino al corpo?

- Sì, probabilmente è stata usata per uccidere la vittima.

- Certo… senti, ti ho chiamato anche per informarti che mi ha chiamata lo scultore.

- Quando?

- Poco fa.

- Dai, dimmi tutto!
- Mi è sembrato molto gentile, mi dava del "lei" e…
- E?
- Abbiamo fissato un appuntamento per incontrarci.
- Dove e quando?
- A casa sua. Domani.
- A casa sua? Dovevi proporgli un posto pubblico come un bar, un centro commerciale! Così *vai nella tana del lupo* (= *ti metti in una situazione di pericolo*)! Ma come ti è venuto in mente di accettare una proposta simile?
- Non è stata una sua idea. Io gli ho proposto di vederci a casa sua.
- Ah, allora sei proprio impazzita!
- Non sono pazza: voglio vedere dove vive, se la sua casa nasconde segreti, se riesco a trovare prove della sua colpevolezza.
- Sofia, ma non hai paura?
- Sì, e tanta, ma so che tu mi aiuterai. Potresti restare in contatto con me attraverso un microfono e ascoltare la nostra conversazione.

- D'accordo, ma non credi che a questo punto dovresti informare i tuoi genitori?

- Per ricevere un NO come risposta? Zio, sono maggiorenne. L'importante è che solo tu sappia tutto!

- ...E va bene. Allora vediamoci prima di cena, o dopo cena se vuoi. Dobbiamo pianificare ogni cosa per l'incontro di domani.

- Non posso prima di cena, perché stasera ho lezione e prenderò l'autobus delle 18:30.

- Allora ti aspetto dopo cena. Vieni appena puoi. Ciao.

- D'accordo, zio. A stasera.

Riassunto capitolo 12

Dopo la lezione, Sofia telefona allo zio per chiedergli se ha letto la notizia dello scheletro rinvenuto nelle campagne intorno a Firenze e se pensa che lo scheletro sia di una delle due ragazze scomparse.

Lo zio risponde che ha letto la notizia ma è troppo presto per pensare che lo scheletro sia proprio di una di loro.

Sofia dice poi allo zio di aver ricevuto la telefonata di Luigi Mosca e che lei ha chiesto allo scultore di incontrarsi il giorno dopo a casa sua.

Lo zio pensa che sia troppo rischioso andare a casa dell'uomo e Sofia risponde che è necessario andare a casa dello scultore per scoprire se è lui l'assassino.

Lo zio, allora, la invita a casa sua prima di cena per pianificare l'incontro con lo scultore e lei risponde che ci andrà dopo cena perché è impegnata con l'università e prenderà l'autobus delle 18:30.

Capitolo 13

Sono stanchissima. Non vedo l'ora di tornare a casa.

Il freddo è davvero pungente questa sera e vorrei solo non pensare a quello che mi aspetta domani sera a casa dello scultore.

L'autobus delle 18:30 è in ritardo. Non mi piace stare ferma in un posto di sera, anche se c'è gente in giro. Il buio mi spaventa.

Oh, finalmente, eccolo!

L'autobus si avvicina e, mentre salgo, *vedo con la coda dell'occhio* (= *senza guardare direttamente*) una figura che conosco: è Loris Marcaccio, il trentenne con lo zaino!

Ma che ci fa (= *perché è qui*) su questo autobus? Lui prende sempre quello delle 17:10.

Prendo posto quattro file dietro, ma posso osservarlo anche da qui.

La sua testa si gira e i nostri occhi si incrociano. È la prima volta che succede. Abbasso lo sguardo immediatamente.

Perché si è girato? Perché mi ha guardata?

Guardo fuori dal finestrino, ma non c'è nulla da vedere. È buio. Gli occhi vanno di nuovo verso l'uomo, che però non si gira più.

Ecco la sua fermata... ma perché non si alza dal sedile? Perché non dice all'autista che deve scendere? Siamo ormai quasi a Pollenza. Scendono tutti un po' alla volta e restiamo solo noi.

Mentre l'autobus si ferma al capolinea, non so se sono rigida per il freddo o perché questa situazione insolita mi preoccupa.

La porta si apre. Scende prima lui e poi io. Ora è davanti a me di qualche metro e penso che sia un'ottima opportunità averlo così vicino. Se lo seguo, magari posso scoprire qualcosa.

Ma che succede?

Si è fermato e sta cercando qualcosa nelle tasche. Io di sicuro non posso fermarmi, devo continuare a camminare. Ora gli sono vicinissima.

- Scusa, hai da accendere? – mi chiede girandosi di scatto.

- I-io? - farfuglio un po' impaurita per la sorpresa. - No, non fumo.

- Meglio così, fumare fa male. - risponde, rimettendosi in tasca la sigaretta.

Abbozzo un sorriso e riprendo a camminare, ma sento ancora la sua voce che mi dice:

- Scusa ancora, la sigaretta era solo una scusa.

La mia paura cresce.

- Per cosa?

- Per parlarti, conoscerti... mi chiamo Loris. – mi dice sorridendo e porgendomi la mano.

Non vorrei stringergli la mano ma penso che, se è lui l'assassino, questa è un'ottima occasione per conoscerlo meglio e, se lui non lo è, ho la fantastica opportunità di conoscere un uomo davvero attraente. Sì, devo ammetterlo: è bellissimo.

- Sofia, piacere.

La sua stretta di mano è forte e delicata nello stesso tempo.

- Perché vuoi conoscermi? – gli chiedo.

- Ti ho visto alcune volte sull'autobus e mi hai colpito subito.

- Io ti ho colpito? E come?

- Il tuo modo di salire sull'autobus, molto elegante, la tua educazione nel salutare l'autista con un sorriso, i tuoi capelli lunghi e mossi che spuntano dal berretto. Insomma, tu sei diversa dalle altre ragazze della tua età.

Giro la testa a destra e a sinistra, sfuggo il suo sguardo perché sono imbarazzata.

- Sofia, non voglio spaventarti, sono solo un ragazzo timido che ha difficoltà a fare amicizia. Se vuoi andare, vai pure, e scusami se sono stato invadente... buona serata.

- No, dai, resta. – mi sento dire. Forse sono impazzita.

- Non ti dispiace?

- No, è tutto a posto.

- Allora posso offrirti qualcosa al bar o, vista l'ora, preferisci una pizza?

- Qualcosa al bar va benissimo.

Ci incamminiamo verso la piazza ed entrambi siamo impacciati. Devo scoprire più cose *sul suo conto* (= *su di lui*).

- Non hai un accento di qui. – gli dico.

- Sì, infatti da bambino ho vissuto a Milano, poi coi miei nonni ci siamo trasferiti in Toscana... conosci Prato?

- Ho visitato Firenze, Siena, Pisa, Arezzo, ma non Prato. Dicono che sia una città molto bella.

- Sì... ma io non mi trovavo bene là.

- E quindi sei venuto qui.

- No, prima mi sono trasferito a Rimini.

- Per il mare, le discoteche, la vita notturna?

- Diciamo di sì, mi piace stare là dove c'è... la vita.

- E tu per vedere la vita sei venuto a Pollenza? – gli dico ridendo.

- Hai ragione, Pollenza non è sicuramente Rimini, ma l'ho scelta proprio perché avevo bisogno di un po' di silenzio. – mi risponde con un sorriso.

Siamo arrivati al bar in piazza e lui è così galante da spingere la porta e farmi passare per prima:

- Prego. – mi dice.

Nessuno è stato mai così gentile con me. Non so se sia un segno positivo o la prova che sia proprio lui l'assassino.

Loris vuole la mia fiducia. Ho letto tanti libri gialli per non capire che molti assassini sembrano dei perfetti bravi ragazzi.

- Buonasera! – dicono quasi all'unisono le proprietarie del locale.

- Che cosa prendi? – mi chiede lui.

- Una cioccolata calda, con questo freddo *è una mano santa* (= *è il rimedio migliore*).

- Allora, cioccolata calda per la signorina e un caffè per me. – dice alla barista, poi mi chiede. – Ci vuoi anche dei biscotti?

- No, grazie, la cioccolata calda andrà benissimo.

- Vieni, andiamo a sederci.

Io sto per prendere posto a un tavolino di fronte al bancone, ma lui mi indica la saletta più appartata.

- Così possiamo chiacchierare meglio. – mi dice.

Mi siedo vicino alla vetrata e lui si accomoda accanto a me fissandomi negli occhi con un sorriso. È davvero affascinante.

- Sofia, allora, cosa fai nella vita?

- Io niente di speciale… studio all'università.

- A quale facoltà sei iscritta?

- A quella di Scienze della formazione primaria.

- Sono davanti a una futura maestra, allora.

- Non so... non mi piace molto quello che sto studiando.

- Allora perché ti sei iscritta a questa facoltà?

- Eh, bella domanda. Me lo ha proposto mio padre, lui pensa che diventerò un'insegnante perfetta.

- E perché lo pensa?

- Forse perché a scuola ho preso sempre ottimi voti, ho fatto sempre il mio dovere... insomma, non sono una ragazza che va alle feste, in discoteca...

Loris mi fissa negli occhi e sorride, io abbasso lo sguardo perché mi sento imbarazzata.

- Ecco a voi, ragazzi. – ci dice Sara poggiando la cioccolata calda e il caffè sul tavolo.

La ringraziamo e cominciamo a sorseggiare le nostre bevande.

- E tu che fai di bello nella vita? – gli chiedo io sperando di scoprire qualcosa di interessante.

- Io... scrivo.

Cosa? Ho sentito bene? Lui scrive?

- Davvero? – gli dico, sgranando gli occhi.

- Sembri molto sorpresa. Non è un lavoro così strano!

- Certamente, ma non è di sicuro un lavoro comune. E... che cosa scrivi?

- Beh, articoli per alcuni blog che parlano di fotografia, viaggi... e libri, soprattutto.

- Di che genere?

- Libri gialli, storie di crimini, di serial killer.

Serial killer. Ecco, l'ha detto. Che tonta sono stata! Che stupida! Allora non c'è nessun assassino! Era davvero come aveva pensato all'inizio zio Davide.

- È incredibile! – esclamo io sollevata. - Adoro questo genere di libri. Riesco a stare sveglia per ore di notte per scoprire l'assassino. Magari ho letto un tuo libro e non lo so.

- Infatti mi firmo con un nome inglese, non col mio vero nome.

- Davvero? E qual è il tuo pseudonimo?

- Eh no, questo non posso dirtelo, altrimenti *scopro le mie carte* (= *rivelo la verità*). – mi dice ridendo.

- Hai ragione.

All'improvviso entra nel bar una donna con due bambini di circa sei anni. I bambini parlano ad alta voce e corrono nella saletta all'entrata.

- Hai scritto molti libri? – gli chiedo, cercando di ignorare la confusione che fanno i due bambini.

- Al momento tre... e avrebbero potuto essere quattro fra qualche mese.

- E invece?

- Invece mi sono capitate due cose assurde e il libro *è andato in fumo* (= *non c'è più*). Di solito salvo tutto su una chiavetta USB e l'ho fatto, ma...

- Ma?

- Ho perso la chiavetta, era nel mio zaino e non l'ho trovata più, mi sarà caduta e non me ne sono accorto. Poi mi si è rotto pure l'hard disk!

- No! Quindi tutti i tuoi dati, *file*, programmi?

- Scomparsi, persi per sempre. Ho dovuto ricominciare a scrivere tutto di nuovo. Una tragedia.

- ...E di che colore era la tua chiavetta USB?

- Rossa e bianca.

Era tutto quello che volevo sapere. La chiavetta appartiene proprio a lui.

- Loris, devo dirti una cosa: io so dov'è la tua chiavetta.

- Tu? E come fai a saperlo?

- Ti è caduta in autobus e l'ho trovata io. Speravo un giorno di poterla restituire al legittimo proprietario... ed eccoti qua!

- Ma è fantastico! Non ci posso credere! Allora è il destino che ci ha fatto conoscere! Posso abbracciarti?

Prima che io possa dire di sì, sento le sue braccia intorno a me, il suo profumo sul viso.

- Ce l'hai qui con te?

- No, è a casa. Quando usciamo di qui, possiamo passare a prenderla.

- Non so come ringraziarti, mi sembra impossibile. Posso ancora pubblicare il mio libro!

- Allora voglio che mi citi nella pagina dei ringraziamenti.

- *Ci puoi scommettere* (= *lo farò sicuramente*)!

Finiamo di bere le nostre bevande e mentre io tiro fuori il portafoglio per pagare, lui mette una mano sulla mia e dice:

- Non pensarci nemmeno! Offro io, e poi è il minimo che possa fare per te. Resta seduta.

- Loris prende il suo zaino, infila la mano all'interno e prende il portafoglio.

- Torno subito. – mi dice.

Io mi sento tranquilla, finalmente serena, senza preoccupazioni. Zio Davide deve sapere che non c'è nessun assassino. Devo mandargli subito un messaggio:

ZIO, *ABBIAMO PRESO UNA CANTONATA* (= *ci siamo sbagliati*)!
LA CHIAVETTA USB È DI LORIS MARCACCIO,
CHE NON È UN ASSASSINO
MA SOLO UNO SCRITTORE DI LIBRI GIALLI!
SONO QUI CON LUI AL BAR IN PIAZZA,
ORA ANDIAMO A CASA A PRENDERE LA CHIAVETTA USB.
TI TELEFONO PIÙ TARDI.

Invio il messaggio. Mentre sto per rimettere in borsa lo smartphone, i due bambini entrano nella saletta correndo e uno dei due sbatte contro la sedia dove prima era seduto Loris. Il suo zaino nero si rovescia a terra. I due bambini non chiedono neanche scusa e continuano a correre. Mi abbasso io per raccoglierlo… ma cos'è questa cosa che penzola dallo zaino?

No, non è possibile, non può essere vero!

È una corda.

Riassunto capitolo 13

Sofia sale sull'autobus delle 18:30 e, stranamente, trova Loris Marcaccio, il trentenne con lo zaino nero. Lui la guarda e non era mai successo prima.

L'uomo non fa neanche la solita fermata e scende al capolinea con Sofia.

Loris si presenta alla ragazza, spiegandole che desidera conoscerla. Sofia è sorpresa e anche impaurita, ma pensa che possa essere l'occasione che aspettava per scoprire qualcosa di lui, così cominciano a chiacchierare.

Sofia gli fa delle domande e lui le conferma ciò che lei sapeva già: ha vissuto a Prato e poi a Rimini.

Dopo vanno in un bar in piazza e prendono qualcosa da bere. Si siedono nella saletta interna del bar e, durante la chiacchierata, Loris le dice che scrive gialli, storie di serial killer e che ha perso una chiavetta USB dove c'era il suo ultimo libro.

Sofia è molto sollevata, capisce che Loris è davvero uno scrittore come zio Davide sospettava e gli dice di avere la sua chiavetta USB a casa.

Loris è felicissimo, abbraccia Sofia e si offre di pagare il conto del bar, così prende il portafoglio dallo zaino.

Sofia, intanto, manda un SMS allo zio per dargli la bella notizia.

All'improvviso, due bambini che corrono nel bar urtano la sedia dove prima era seduto Loris e fanno cadere lo zaino sul pavimento.

Sofia fa una brutta scoperta: vede una corda fuoriuscire dallo zaino di Loris.

Sofia capisce che è lui l'assassino, visto che accanto allo scheletro trovato nelle campagne fiorentine c'era proprio una corda.

Capitolo 14

Che ci fa una corda dentro il suo zaino? Nessuno si porta una corda in giro, figuriamoci uno che dice di essere uno scrittore!

E siccome non credo nelle coincidenze, ora sono assolutamente certa che lo scheletro ritrovato questa mattina è quello di una delle ragazze uccise da Loris: la corda accanto allo scheletro è una prova della sua colpevolezza.

Rimetto subito la corda nello zaino, anche se ho le mani che tremano.

Lui sta pagando il conto al bancone, non si è accorto di nulla e non deve accorgersi di nulla. Devo fingere che vada tutto bene.

Devo mandare un altro messaggio a zio Davide! Prima gli ho detto che non c'era nessun assassino e invece l'assassino è proprio Loris.

Prendo lo smartphone e scrivo:

ZIO, È LUI L'ASSASS...

Loris torna al tavolino e io mi blocco, non riesco a scrivere più nulla.

- Tutto bene? – mi chiede.

- Certo, perché?

- Mi sembri preoccupata per qualcosa.

- Colpa di questi bambini, mi hanno fatto venire il mal di testa!

- Hai ragione, andiamocene via subito.

Usciamo dal bar e la testa mi fa davvero male, ma non per le urla dei bambini.

E adesso come faccio ad incastrare Loris?

Ci incamminiamo verso casa, che è poco distante dal bar, e quando vedo il portone di casa mia spero solo che zio Davide abbia letto il mio messaggio, anche se non completo, e che stia venendo ad aiutarmi.

Prendo le chiavi per aprire il portone e dico:

- Aspettami qua, arrivo subito.

- Non c'è problema.

Salgo di corsa le scale ed entro in casa. Purtroppo non c'è nessuno, neppure mia madre.

Guardo il cellulare e vedo che zio Davide non ha ancora letto il mio messaggio.

Lo chiamo. Il cellulare squilla tante volte e poi risponde la segreteria telefonica.

Maledizione!

Gli mando un altro messaggio:

LORIS È L'ASSASSINO!
HO SCOPERTO CHE HA UNA CORDA NEL SUO ZAINO!
FORSE VUOLE PROPRIO UCCIDERE ME!
DEVO INCASTRARLO PERCHÉ HO PAURA
CHE SCAPPI VIA.
ASCOLTAMI, ADESSO VADO CON LUI
VERSO LA CHIESA DELLA MADONNA DELLA PACE,
QUELLA CON LA CROCE ALL'ESTERNO,
E SPERO CHE CON IL BUIO E L'ASSENZA DI PERSONE
LUI MOSTRI LE SUE VERE INTENZIONI
O DICA QUALCOSA CHE NON DOVREI SAPERE.

Giro per la stanza e spero tanto che mio zio legga in fretta il mio messaggio.

DRIIIN!

È il campanello. Vado al citofono.

- Chi è? – chiedo.

- C'è Sofia?

Riconosco la voce di Loris.

- Come facevi a sapere quale fosse il mio campanello? – dico senza pensarci un secondo.

- …Non lo sapevo. Scusa, li ho suonati tutti.

Non gli credo. Sicuramente sta mentendo. Lui sa perfettamente chi sono.

- Va bene, un attimo e scendo.

Non posso restare qui, non voglio che sospetti qualcosa, non voglio perdere l'unica possibilità che ho per farlo arrestare, ma prima chiamo zia Maria:

- Sono Sofia, c'è zio Davide?... No?... Senti, appena torna a casa digli di raggiungermi immediatamente alla chiesa con la croce… sì. È importantissimo! Grazie!

Scendo le scale e ho un'idea: accenderò il registratore dello smartphone e, se lui dirà o farà qualcosa di strano, manderò la registrazione a zio Davide oppure sarà una prova di colpevolezza!

- Eccomi.

- Come mai ci hai messo tanto? Non trovavi la chiavetta USB?

- Sì, scusami, l'avevo messa nel cassetto, ma in mezzo a tanta roba non riuscivo a trovarla. Eccola.

Loris prende la sua chiavetta USB con una luce maligna negli occhi.

- Sei contento? – gli chiedo.

- *Al settimo cielo* (= *felicissimo*)!

- Senti, Loris, lo so che si congela qui fuori e che non c'è quasi nessuno per strada, ma *ti va* di fare (= *vuoi* fare) una passeggiata?

- Ma certo, stavo per chiedertelo anch'io. – mi risponde chiudendo e aprendo le mani ritmicamente, con gli occhi fissi nei miei.

Tremo, e non per il freddo. Lui se ne accorge.

- Ti faccio paura?

- Perché dovresti farmi paura?

- Non lo so, infatti.

Ora il suo sguardo sembra trapassarmi la testa.

- È solo il freddo. – gli rispondo.

Loris sorride.

Continuiamo a camminare in silenzio per un po',
prendendo la strada che porta verso la chiesa con la
grande croce.

- Pensi di restare a vivere qui a Pollenza per molto
tempo? – gli chiedo.

- Non so se voglio restare…

- Ma come? Prima mi hai detto che ti piaceva il
silenzio di questo paese. Ora improvvisamente non ti
piace più?

- Non c'è qualcosa che non mi piace, anzi! Di
Pollenza amo molte cose…

- Dimmene qualcuna.

- Beh, mi piacciono i mobili antichi, ad esempio… e
il Museo Civico, il Museo della Vespa, l'Abbazia di
Rambona, adoro il meraviglioso vicolo degli Orti…

- *Come darti torto?* (= *hai ragione*)

- E poi il cibo, il vino e… le belle ragazze come te.

Fingo di essere lusingata dal complimento.

- Scommetto che hai avuto molte ragazze.

- Non molte.

- *Dai (= forza!),* quante?
- Meno di quelle che immagini.
- Non ci credo. Sei un ragazzo molto attraente.

Loris non sorride più come prima. Mi guarda in silenzio, poi dice:

- Alcune donne non pensano che io lo sia e quando mi rifiutano…

Loris non finisce la frase, gira la testa e non aggiunge altro.

Io mi faccio coraggio e gli chiedo:

- E quando ti rifiutano cosa succede, Loris? Dimmelo.

Lui si ferma e con uno sguardo severo mi risponde:

- *Ci metto una pietra sopra (= non ci penso più).*

Io ammutolisco.

La chiesa non è molto lontana da noi e continuiamo a camminare in salita per raggiungere la grande croce.

Là forse non ci sarà nessuno, è buio, se Loris dovesse aggredirmi nessuno potrebbe sentire le mie urla.

- Sofia, tu mi trovi davvero attraente?
- Certo… perché me lo chiedi?
- Non mi rifiuteresti, vero?

Si ferma e mi appoggia le mani sulle spalle. La mia paura sale, sento il cuore battermi in gola, pulsarmi nelle orecchie.

- In che senso? – farfuglio.

La registrazione del mio smartphone continua ma io non posso inviarla a mio zio.

- Vieni, andiamo.

Ora sento la stretta delle sue mani più forte su di me, avvicina il suo corpo al mio e sento un vago odore speziato che adesso mi disgusta.

Mi prende per un braccio e mi dice:

- Non hai paura di me, vero?

Io non rispondo. Sono terrorizzata. In giro non vedo proprio nessuno. Mi chiedo, ma dove sono finiti tutti? Dove?

Devo trovare un modo per calmare Loris: fingerò di essere ancora più attratta da lui.

- Mi sembra un sogno di essere con un uomo come te. Le donne che ti hanno rifiutato sono state proprio delle pazze.

- Dici bene: delle pazze incoscienti.

Ora lui allenta la stretta alle spalle, comincia a fidarsi, pensa che io non scapperò, non urlerò.

Siamo davanti alla grande croce di legno posta accanto alla piccola chiesa chiusa.

- Andiamo dietro la chiesa. – mi dice.

Sento la vibrazione del mio smartphone nella tasca. Fuori c'è molto silenzio e penso che l'abbia sentita anche lui.

Devo assolutamente vedere chi mi ha mandato un messaggio. Speriamo sia zio Davide!

Metto subito la mano in tasca per prendere il cellulare, ma lui mi ordina:

- Non rispondere!

Fingo di non aver sentito e guardo il mio cellulare che sta ancora registrando e dico con calma:

- Non preoccuparti, non ci metterò molto, voglio solo leggere il messaggio.

- Ti dico: ferma! Smettila! – mi urla in faccia, afferrando il mio smartphone e lanciandolo in mezzo ai cespugli dietro la chiesa.

Sono paralizzata dal terrore. Tutto sta succedendo troppo velocemente e la mia idea di incastrarlo adesso mi sembra la cosa più stupida che abbia mai pensato.

Lui mi spinge a terra, io provo ad urlare ma il terrore mi blocca persino il respiro.

Nel buio lo vedo prendere qualcosa dallo zaino: sì, è la corda, sta prendendo la corda!

Ecco, sto per morire e sta succedendo perché non ho ascoltato zio Davide. Dovevo fare più attenzione, essere prudente, avere pazienza!

Ho un'ultima possibilità di salvezza: urlare *con tutta me stessa* (= *con tutte le mie forze*) e farmi sentire:

- Aiut…

Il grido mi si ferma in gola. Ma cos'è stato? Sento un dolore acuto alla testa, lui mi ha colpita e non so con che cosa, sento l'odore della terra umida, il sapore del sangue tra i denti, il suo respiro su di me, una corda ruvida intorno al collo.

Il suo peso mi schiaccia, non riesco a respirare… tutto mi gira intorno, non voglio morire, non voglio mori…

Riassunto capitolo 14

Sofia rimette velocemente la corda nello zaino e prova a mandare un SMS allo zio senza successo, perché Loris torna al tavolino. Insieme escono dal bar e vanno a casa di Sofia. Loris aspetta giù e lei sale a casa per prendere la chiavetta USB. A casa non c'è nessuno.

Sofia prova a chiamare lo zio, ma lui non risponde, allora scrive un SMS per spiegargli che Loris è l'assassino e che lei sta andando con lui alla chiesa con la croce: vuole vedere se Loris riesce a mostrarsi per come è in realtà.

In quell'istante Sofia sente suonare il campanello ed è Loris. Sofia è costretta a scendere, ma prima telefona a zia Maria: vuole che lo zio la raggiunga alla chiesa non appena torna a casa.

Sofia aziona anche il registratore sullo smartphone perché spera di registrare qualche frase compromettente di Loris.

Sofia restituisce la chiavetta USB a Loris e insieme si incamminano nel buio chiacchierando.

Loris comincia a mostrarsi per quello che è in realtà: ha uno sguardo cattivo, dice che le donne che lo hanno rifiutato nel passato sono state delle pazze e chiede a Sofia se lo trova davvero bello e interessante. Sofia risponde di sì.

Quando Sofia riceve un SMS al cellulare, lui le ordina di non rispondere, le stringe le spalle, il braccio, la trascina con sé dietro la chiesa, la colpisce alla testa con forza e le mette la corda intorno al collo.

Sofia sa che sta per morire, infatti non può più respirare e perde i sensi.

Capitolo 15

La mamma mette l'ultimo capo di biancheria nel borsone, mentre io resto seduta sul letto dell'ospedale che mi ha vista inerme e impaurita per quattro giorni. Sento ancora un po' di confusione nella testa, ho la mandibola dolorante e quattro punti sullo zigomo destro. Non c'è un solo muscolo del mio corpo che non mi faccia male, è come *se avessi fatto palestra* (= *se mi fossi allenata*) per un giorno intero.

- Abbiamo finito, possiamo andare? – mi dice la mamma con un sorriso dolce che non le ho mai visto in faccia.

- Sì, sono pronta.

Saluto le infermiere che mi passano accanto e le ringrazio per la loro pazienza.

Il dottore mi ha detto che se sento nausea, vertigini o problemi di memoria devo avvertirlo subito. Spero proprio di non avere più bisogno di lui.

Il babbo ci sta aspettando davanti all'uscita dell'ospedale e, appena mi vede, apre le braccia per stringermi forte.

- Vieni, andiamocene subito via di qua.

- Ma chi sono quelli con le videocamere e i microfoni?

- Giornalisti e vogliono te. Hai voglia di rispondere alle loro domande?

- No, per carità, non è il momento.

- Appunto.

Usciamo e i giornalisti ci circondano. Mio padre mi protegge, mi apre la portiera e tutti e tre ci allontaniamo velocemente dall'ospedale.

Mi dispiace che in macchina non ci sia mia sorella e mio fratello. Forse avevano altre cose da fare.

Il viaggio dura solo dieci minuti e siamo già sotto casa, ma anche qui ci sono dei giornalisti.

- Sofia, può raccontarci come sono andati i fatti?

Faccio "no" con la testa, mentre mia madre apre il portone e io mi lascio alle spalle queste attenzioni assolutamente insolite per me.

Salgo le scale con un po' di fatica, ma riesco ad arrivare alla porta di casa.

Mia madre non fa in tempo ad infilare le chiavi nella toppa che la porta si spalanca e sento urlare:

\- SORPRESA!

Sono sbalordita: c'è mia sorella, mio fratello, i miei zii e cugini, le mie amiche più care e i tanti conoscenti in paese.

Tutti ridono e mi abbracciano, tutti sono felici di rivedermi sana e salva.

Sono stupita da una tale accoglienza, ma la cosa che mi stupisce di più è mia sorella che piange per la commozione.

\- Che bello che sei qui! Ti devo la vita... – mi dice.

L'abbraccio pensando che questo possa essere un nuovo inizio per me e la mia famiglia.

\- Facciamo un brindisi! – dice mio padre entusiasta.

Alziamo i bicchieri in alto, li tocchiamo e diciamo:

\- Cin cin!

Poi da ogni parte sento dirmi:

\- Sei stata coraggiosa!

\- Brava!

\- Come stai, bella?

\- Ci hai fatto prendere un bello spavento!

\- Ormai sei famosa!

E intanto ricevo abbracci, baci e mi sento frastornata e grata nello stesso tempo. Parlo poco e sorrido molto.

Sento le gambe pesanti così mi siedo sul divano.

Mia madre allora dice ai presenti che ho bisogno di tranquillità e subito i vicini, gli zii, i cugini e le amiche mi salutano e raggiungono l'uscita.

- Riposati, mi raccomando!

- A domani!

- Ti chiamo, eh!

- Stasera ti mando un messaggio.

- Rimettiti in forze!

Ringrazio tutti e mi lascio avvolgere dal silenzio della casa. Intorno a me restano mia madre, mio padre, mia sorella, mio fratello, zio Davide e zia Maria.

- Sono felice di essere a casa. – dico.

Il mio fratellino mi stringe forte e mia sorella ricomincia a piangere.

- Tiziana, non piangere, sono qua adesso…

- E grazie a te che sono viva. – mi risponde mia sorella.

- Ma che vuoi dire esattamente? È già la seconda volta che me lo dici.

Interviene zio Davide:

- Ci sono cose che ancora non sai. Abbiamo perquisito la casa di Loris Marcaccio e abbiamo trovato altri file compromettenti: la donna che stava pedinando era Tiziana.

- Ma è terribile! Davvero?

Mia sorella ricomincia a piangere e mio zio continua:

- Se non fossi stata tanto coraggiosa e se fossi stata prudente come ti avevo detto io, tua sorella sarebbe stata la sua prossima vittima. Tu hai rovinato il piano dell'assassino e lo hai costretto a muoversi in modo diverso dal solito.

- La chiavetta USB con i diari delle altre due ragazze uccise era una prova di colpevolezza, lui voleva essere sicuro di riprendersela e di *chiudermi la bocca per sempre* (= *uccidermi*).

- Proprio così.

- Ma come ha fatto a scoprire che ce l'avevo io?

- Abbiamo interrogato l'autista dell'autobus e ci ha detto che l'assassino gli aveva chiesto se avesse trovato una chiavetta USB nel suo autobus, lui gli aveva risposto che aveva visto una ragazza coi capelli lunghi e mossi raccogliere qualcosa da terra il giorno prima.

- E l'unica ragazza corrispondente alla descrizione ero io. Poi ha finto di essere attratto da me e si è inventato la scusa di essere uno scrittore.

- Esatto.

- Meno male che sei arrivato in tempo, zio. È un miracolo che io sia ancora viva.

- Quando ho letto il messaggio ero solo a un centinaio di metri dalla chiesa, ho chiamato *i rinforzi* (= *i colleghi carabinieri*), mi sono messo in macchina e vi ho raggiunto. Quando lui ti ha stretto la corda al collo… l'ho aggredito e, con l'aiuto dei colleghi, l'ho neutralizzato e ammanettato.

- Grazie a Dio! – dice mio padre con gli occhi lucidi.

- Ha confessato gli altri delitti? – chiedo a zio Davide.

- Sì, ha confessato. Domani ci porterà nel luogo dove ha sepolto l'altra povera ragazza. Ora, però, basta parlare di questo. L'incubo è finito.

- Amore, c'è qualcosa che possiamo fare per te? – mi chiede la mamma.

- Sì, c'è qualcosa… più di una in verità.

- Dicci.

- Chiama la parrucchiera e dille se può venire qui a casa: voglio tagliarmi i capelli.

- I tuoi bei capelli? – mi chiede Tiziana.

- Sì, li voglio corti e biondi.

- Ma perché?

- Perché io non sono più la Sofia di prima. Non dopo quello che mi è successo.

- …Va bene, chiamerò Stefania se è questo che vuoi. – dice mia madre.

- E qual è un'altra cosa che possiamo fare per te? – aggiunge mio padre.

- Lascio Scienze della formazione primaria. Questa facoltà *non fa per me* (= *non è giusta per me*).

- E cosa farai?

- Ci ho pensato su mentre ero in ospedale e ho deciso: mi iscrivo a Scienze Investigative.

- Sei proprio mia nipote! – dice ridendo zio Davide.

– Appoggio la tua scelta!

- Ma questa facoltà si trova all'università di Macerata? – mi chiede invece mio padre.

- No, a Foggia. Dovrò trasferirmi. Avrò il tempo per trovare una camera e me la pagherò con i soldi guadagnati come baby sitter. Troverò qualche lavoretto anche là. So che ce la farò. Ora so cosa voglio fare nella vita. Babbo, sei d'accordo?

- Io... non lo so, sono preoccupato.

- Anch'io... - dice la mamma.

- È giusto che Sofia trovi la sua strada. Ha dimostrato di essere intuitiva e coraggiosa abbastanza per fare un ottimo lavoro in futuro. – aggiunge zio Davide.

- È vero. – conferma mia sorella, mentre il mio fratellino mi abbraccia forte.

Fisso mio padre e, dopo un lungo silenzio, vedo il suo sorriso. Anche la mamma sorride.

Ora inizia un nuovo viaggio per me. Finalmente sono la Sofia che ho sempre sognato di essere.

E non mi fermerò.

Riassunto capitolo 15

Sofia sta uscendo dalla sua stanza d'ospedale dopo quattro giorni di cure. Ha dolori in tutto il corpo ma spera di sentirsi meglio presto.

All'uscita dall'ospedale c'è il padre e tanti giornalisti che vogliono farle un'intervista. Lei non accetta e torna a casa a Pollenza. Anche sotto casa sua trova dei giornalisti che l'aspettano e lei non risponde alle loro domande.

Mentre entra nel suo appartamento, ci sono tante persone che l'accolgono con gioia facendole una sorpresa. Persino sua sorella Tiziana piange per la felicità. Sofia è davvero contenta perché non ha mai ricevuto tante attenzioni, ma è anche molto stanca.

Quando tutti vanno via, zio Davide le dice che Loris Marcaccio ha confessato i suoi delitti e dai *file* del suo computer hanno scoperto che la prossima vittima sarebbe stata Tiziana. L'assassino aveva saputo dall'autista dell'autobus che la chiavetta USB era stata presa da Sofia, perciò prima doveva riprendersi la chiavetta e poi era necessario che lei morisse.

Sofia ringrazia suo zio per essere arrivato in tempo e averla salvata.

Quando la mamma chiede se possono fare qualcosa per lei, Sofia dice che vuole tagliarsi subito i capelli e tingerli di biondo perché lei non è più la Sofia di prima, poi dice al padre che lascerà Scienze della formazione primaria e si iscriverà a Scienze investigative all'Università di Foggia.

Alla fine sono tutti d'accordo con le sue scelte e Sofia *ha* finalmente *trovato la sua strada* (= *ha capito cosa vuole fare nella sua vita*).

Prima di lasciare questo libro…

invito tutti voi a consultare il mio blog LEARN ITALIAN WITH SONIA a questo link https://learnitalianwithsonia.wordpress.com/ dove potrete trovare non soltanto consigli per apprendere in modo più veloce ed efficace la lingua italiana, ma anche spiegazioni di regole grammaticali ed espressioni di uso comune.

Mi raccomando, scrivetemi se avete dubbi linguistici o curiosità sulla cultura italiana.

Un'ultima cosa: se potete e volete, lasciate una breve recensione su Amazon nella vostra lingua o in italiano, perché il mio scopo principale come insegnante e scrittrice è capire se sto facendo un buon lavoro e se posso migliorare per aiutarvi.

Alla prossima!

Made in the USA
Middletown, DE
30 August 2019